死ぬことが決まっているのなら

IF I'M SUPPOSED TO DIE

Rちゃん

どんな道を
通ってみても
いいじゃない？

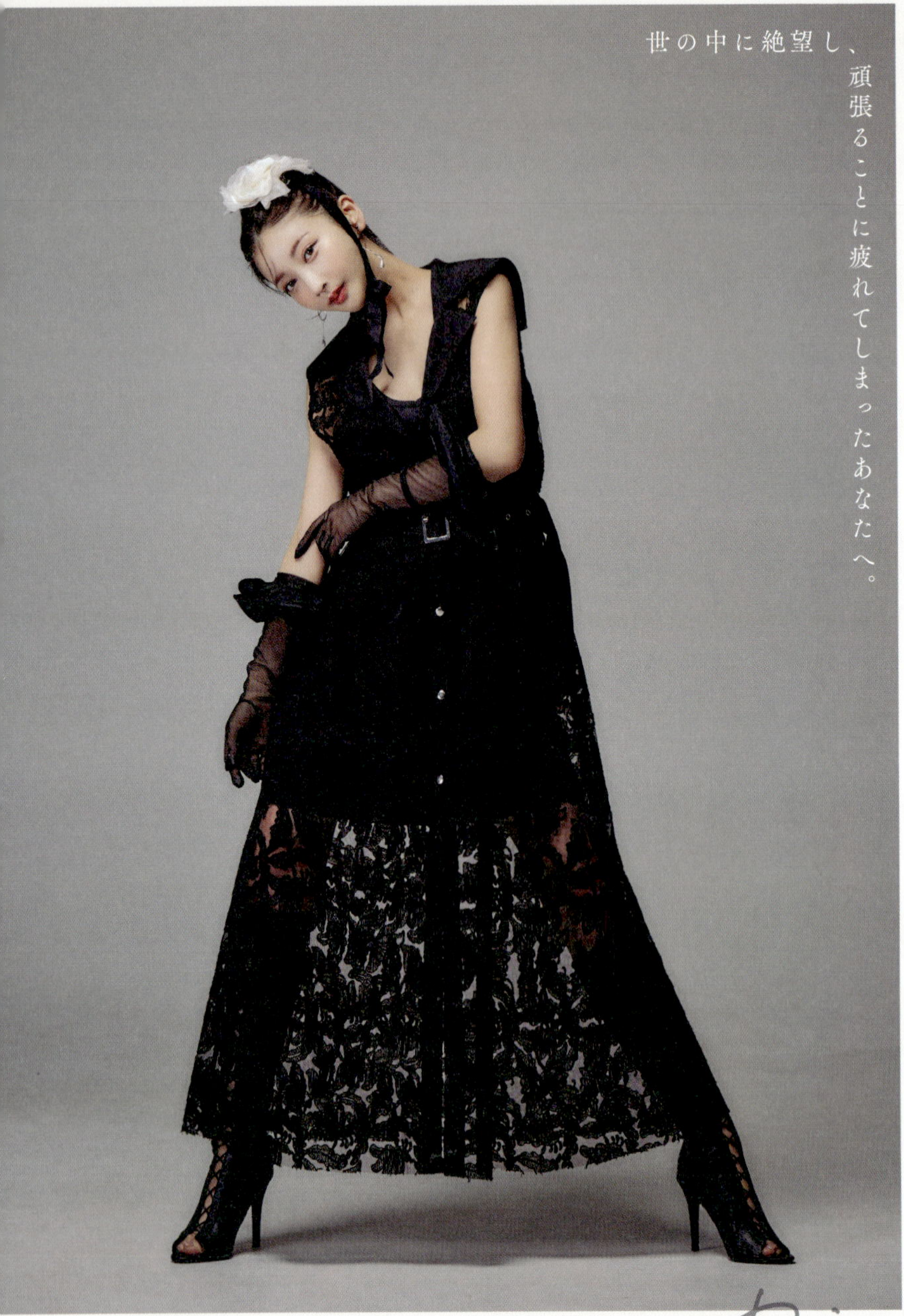

世の中に絶望し、
頑張ることに疲れてしまったあなたへ。

PHOTO SHOOT WITH Rin

それでも、今を必死に生きるあなたへ。

Photo shoot with Riu

「こんな私でも生きてこれたよ」

不器用でがむしゃらな私の
生き様を通してそんなことを
伝えられたら、ほんの少し
でも参考にしてもらえて
誰かの生きる希望になれたら、
それ以上の幸せはありません。

Love

はじめに

こんちは！　あかりです。Ｒちゃんとか、かりちゃんって呼ばれていて、肩書は経営者・デザイナー・YouTuberです。

自分のブランドを知ってもらうためにYouTubeチャンネルを始めて、ありがたいことにたくさんの人に観てもらえるようになって、こうして本を出させていただくことになりました。この本を通して、「Ｒちゃん」、そして「大野茜里《おおのあかり》」という名の一人の人間を深く知ってもらえたら嬉《うれ》しいです。

私がどんな人間かというと、情が深い、無邪気、素直、鬼の負けず嫌い、感情をそのまんま出す、すぐ拗《す》ねる、恋愛体質、美容と食べることが大好き、これだ！と思うと２００％の力で突き進みすぎる。何より愛がある人間だと思っています。

そして「Riu」という自分のブランドを持ち「株式会社ariu」という会社を経営しています。YouTuberとしての活動より前に始めたブランドです。

自分が着たい、欲しい、と思う服をデザインするのが小さい頃からの夢でした。夢を叶《かな》えたくて、専門学校を卒業してすぐに社会経験なしで会社を設立し、ブランドを立ち上げました。愛知県にある8畳の狭いマンションの事務所からスタートして、自分でデザインから梱包《こんぽう》、独学でサイト制作……などなどやっていた時期を経て、今では渋谷に事務所を構え、全国各地でポップアップストアを展開。年商数億円の会社にまで成長しました。

ここまで来れたのは、皆様のおかげです。本当に、ありがとうございます。

振り返れば、これまでの道のりは壮絶だった。もう二度と同じことをしたくないくらい。自分の夢を叶えるためにがむしゃらに突き進んできた。

学生時代は読者モデルとして活動しているときにSNSで炎上。就職先からの内定取り消し。ダメな恋をしまくって傷つき傷つけられたり、3000万円以上かけて整形したり、女や若さを武器にした仕事もした。全て夢につながると思って生きてきた。夢を叶えた後も仕事に200％の力を注いできたけれど、無理をしすぎることもしばしば。プライベートでは心から愛した人と婚約破棄もした。そして今も、幸せな瞬間を追い求めて、たくさん失敗して、たくさん病んで、たくさん学んでいるところです。

これまでの人生は世間から見たら綺麗《きれい》ではない生き方だったかもしれません。でも、がむしゃらに必死に、私なりの正義を信じて生きてきました。

その中で、私が見てきた世界や考えについて、魂を込めて書きます。

〝大野茜里〟。いろんな失敗や壁があるたびに、この名前を憎んで、恥じて、殺したいと思った。
でも心のどこかで「私は私を諦めたくない」と、私が訴えてくるんだ。
この名前で生きたことを誇りに思える人生に。私は失敗作じゃない、と思えるように。自分を理解し、受け入れて、愛するということはとても大変なことだと今も思う。

覚悟を決めれば、いつでも死ねる人生だ。いつか死ぬと決まっているのなら「もう少し」を生きてみよう。そして自分が思う「素敵な人間」になって、最期に「お疲れ様。楽しかったね、私」と言えるように。決して完璧ではないけれど、私が私であることに自信を持てるように。

この本に書いてあることが正解ってわけじゃないし、参考資料の一つにしてください。合わないと思ったら採用しないでほしいし、間違っていると思ったら教えてほしい。あなたの考え方も知りたいな。
これは、今の私が書ける内容だからさ。

今何かに悩んでいる人も、もう少し生きてみて、一緒にいろんな幸せを見つけよう。
私は私を諦めたくない。
いつか死ぬことは、決まっているのだから。

ねえ、あなたはどう生きる?

大野茜里　Rちゃん

17 はじめに

第1章 人間関係
信じてくれる人がいるから

28 被害者ぶってない？人を信じられないのは自分の心と態度が原因。「まず自分から信じる」ようにしたら信頼できる人が増えた。

30 大丈夫、いつか誰かが見つけてくれる。がむしゃらに生きた、もがいた。だから心から信用できる人と出会えたのかもしれない。

32 サービス精神旺盛な自分が好き。相手が求めることを理解するのが楽しいし、誰かと仲良くなれないのは悔しい。

34 全ては言い方。「私、人見知りなんです」じゃなくて「人見知りだけど、仲良くなりたいです」一生懸命話せば言葉が下手でも打ち解けられる。

36 同じ志、同じ瞳を持った人を見つける。「この子を知りたい」と思った人と一緒にいる。

40 自分を理解してコントロールする。感情的で傷つくことが得意に生まれたのは、今さら変えられない。捉え方を変えて傷つきにくくするほうが楽。

42 切り抜かれた一部分を見るだけで全ての真実を理解するなんて無理。あなたの目にしたことを大事にしてほしい。

44 スマホを閉じて目の前の世界を見て。人の悩みのほとんどは他人の投稿から始まる。フィルターのない現実世界は驚くほど平和で優しい。

46 環境は自分で作る。誰かにむかっときたらまず反省。むかっとする状況を作らずに済む方法を自分を変えることで模索したい。

48 いらないプライドは捨てる。ちょっと舐められてるくらいが生きやすい。わからないことを教えてもらえるし、助けてくれる人が増えるから。

50 社会の構図は簡単だよ。「この人が必要だ」と認定されれば勝ち！自分の価値を上げるために周りに合わせると思えれば楽になるかも。

52 人間関係の悩みは「面白い」。苦手な人にも居心地のいい場所を提供していくことで人間関係の悩みが解決しやすくなる。

56 友達関係を整理しよう。苦手な人とは自分からしっかり距離を取る。「ずっと友達でいようね！」と約束した人とさよならすることだって大事。

58 相手の感情を束縛しない。好き嫌いは相手が決めること！気になりすぎたときは素直にどう思ったか聞いて不安を解消。

第2章 恋愛
ありのままのウチらで恋愛しよう

62 恋愛だけはバカでいさせて！幼稚園の頃からずっと恋愛体質で、もう恋愛しない！と決めても恋しちゃう。しょうがないよね、恋のほうから私に寄ってくるもん♡（笑）

66 自信がないから恋愛できない？自信つければいいじゃん。自信がなくても恋できる方法じゃなくて自信がない原因を探す！

68
彼氏とうまくいくコツ。
「いったん謝る」「可愛く伝える」は
自分のメンタル安定にも効く！
彼が隠し事をしない環境作りは最強。

72
結婚するつもりだった。
26歳で婚約してた。

74
「婚約破棄」
28歳で心から愛した人と別れを決断。
ガリガリに痩せて精神科に通った。
この世界がモノクロに見えた。

78
別れたら二度と戻ることはないと思ってる。
超超超運命の相手なら
もう一回出会えると信じて
LINEブロック削除。

80
「真実の愛」とは？
白か黒か。
ハッキリするのが愛なのかと思っていた。
でも、グレーという曖昧な色にも藍がある。

84
恋への依存ループは
エネルギーの発散先を増やすしかない。
自然と恋愛がおろそかになるように
自立して、没頭できる仕事、趣味、勉強、
友達を探す！

86
セフレ問題？ 好きな人とセフレになる人は
辛くても現状維持しがちな人。
「彼女にはしない」と思われた現実を見て
自分が変わらないと関係も変わらない。

88
セックスよりも
心が通っているのが一番の快感。
蛙化現象やセックスレスになったことがない！
愛する人の全てが愛しいし、全部がセクシー。

90
いつだって私に選択権がある。
主人公は私……♡
美しく、強く、凛《りん》とした女性で。
自分が恋の選択権を握れるくらい
自立した女性でいること。

92
喋らせたら勝ち。
他の女と一味違うと思わせるには
圧倒的な聞き上手であること。
気持ちよく喋らせたらこっちのもの！

94
結婚したいな♡ 愛してくれる人が
現れたらいつでも準備OK♡
今28歳の私。
素敵な人がいればいつでもいいよ。

第3章 コンプレックス
今も未来も自分を好きでいたい

100
小4でファッションに目覚めた。
ここから私の人生は
「ファッションデザイナー」という
夢に向かうことになる。

102
行間を読むこと。
空白の美しさ。

104
夢はファッションデザイナー。
「こういう服が着たい」
ファッションが生きがいになって
すごい勢いでのめり込んでいった。

106
似合わない服なんてない。似合わせる。
「私は絶対これを着たい」という
一着をまず見つけて
着たい服に挑んでいけばいい。

108
パーソナルカラーや骨格診断は
自分を知るための良いツールだけど
心がときめくお洋服を着ることを
一番大切にしたい。

110
あなたの可愛いって何？
「自分の可愛い」を見つけること。
新しいメイクや美容をどんどん試して
自分の視界に変化と学びを。

112
ダイエットの秘訣は
いかにストレスを溜めずに続けるか。
続けられないのは失敗じゃないから
ルールを見直せば大丈夫。

116
整形総額3000万円以上。発言権が欲しかった。
ブスだブスだと言われて自信がなくなって
病んでたあの頃、
みんなを黙らせるためだけに整形した。
生きやすくなるために、顔を変えた。

120
整形は悪なの？ そう思わないから公表する。
否定する人もいるけど、
整形してきた人生も幸せだよ。
生きやすくなった。
整形は魔法じゃなくて、ただのツールだ。

122
中途半端な気持ちで整形するな。
迷っているならまだやるべきときじゃない。
リスク、デメリット、ダウンタイムは
本気じゃなきゃ乗り越えられない。

126
摂食障害の過去。拒食症で痩せたのに
周りの態度はいいほうに変わった。
食べても痩せたままでいるために
過食嘔吐はやめられなかった。

128
吐いちゃいけない環境がストレスで
余計に吐いてしまっていた。
「いつか治ればいいや」と今の自分を許すことが
結果的に症状の緩和につながった。

130
最後に残るのは中身。
見た目はカスタムできる人生の楽しみ。
本当の美しさ、綺麗さ、魅力は
自分の軸を持って
内面を磨くことでしか得られない。

132
その業界では美が評価されがちでも
それが全世界の価値観じゃないし、
気遣いや人間力でNo.1の人もたくさんいる。
だから見た目を気にしすぎないで。

134
昔の自分を否定し続けていたから
生きるのが大変だったのかもしれない。
昔の自分を客観的に見つめて
褒めてあげられるように努力した。

第4章 夢・将来
好きなことを仕事に

140
欲しいものは全て手に入れる。
夢のためなら何でもやる。
やりたいことのためなら
関係ないことでも努力できる。

142
ネットの情報や噂のせいで
東京のアパレル内定が取り消しに。
誰も雇ってくれないと思ったから
自分で会社を立ち上げた。

144
「ついていくよ」と言ってくれた友達と
ブランドを立ち上げることが夢になった。
お金も知識も人脈もなかったけど
必ずどうにかすると決意した。

146
お金を理由に夢を諦めるなんて
私にはできなかった。
ボロボロになってでもお金を貯めてやると
全ての時間とメンタルを夢に捧げた。

148
みんな生きるのに必死だよ。何がダメなの？
頑張ることをバカにする人にはなりたくない。
夢のためなら
なりふり構わず努力できる自分を誇れるよ。

152
夢を叶えるためなら何でもできた。
今思い出しても涙が出るような
苦しい時期も諦めずに
未来に賭けた私が、私に勝ったんだ。

156
お金を稼ぐ中で出会った経営者達から
たくさんのヒントをつかんだ。
「お金を払う、稼ぐ」の基本も
学べた気がする。

158
私を見つけて。
自分のブランドを見つけてもらう
道筋を作るためYouTuberへ。
インフルエンサーさんに頼むより
自分がインフルエンサーになるほうが早い！

160
自然な戦略。YouTubeで出てきた動画を観て
私のことを知ってもらって、
最終ゴールとしてブランドのサイトに
アクセスしてもらう。

162
スタッフへの愛。
いつかは挑戦するつもりだった東京。
現実になったきっかけは
信頼していたスタッフの一言。
きっとあれは運命の「お知らせ」だった。

164
夢がなくてもいいじゃん。
夢は自分が幸せになるただの手段。
仕事でも好きな人でも趣味でも
幸せをくれるものがあればＯＫ。

166
死にたい。その扱い方は
今すぐ答えを出そうとしないこと。
「もう少し生きてみよう」の連続で
ひたすら時間を経過させる。

168
親と自分は別の人生を歩んでいる。
たとえ大事な大事な親だとしても
環境を恨んでいたとしても
「違う人間、違う人生」と割り切ることも必要。

170
アンチ？　そりゃ消えてほしいね。
誹謗中傷はよくないことだけど
なくならないならエネルギーに変えてやる。
私に限っては開き直ってやろうかなって。

172
どうして私を見てくれないの？
親に認めてほしかったけど、言うことは
聞かなかった。
ときには熱量で押して、ときには事後報告。
幸せになればいつかわかってもらえる。

176
いつの間にかまた私の心を殺していた。
年内登録者数１００万人という目標を
延期した２０２２年。
全力疾走で生きてきたけれど
これからは自分も大切にしたい。

178
日常の幸せを感じたい。
頑張って頑張って諦めたからこそ
自分の大切さと周りの優しさに
気づくことができた。

180
ゆっくり、確実に。全力が必要なタイミングで
きっと運命からのお知らせが来る。
それまではみんなのことを信じて
エネルギーを蓄えていきたい。

182
ファンと私は同志。
「ａｋａｒｉからあなた（ｙｏｕ）へ」
で会社名はａｒｉｕ。
「Ｒからあなた（へ）」でＲｉｕ。
ファンのみんなは阿吽《あうん》の呼吸で
私を理解してくれて元気をくれる。
本当に、心からありがとう。

184
年齢に合わせて仕事を進化させて、
最期は自分で自分に
「やりきったね」って言って
死にたい。

188
この本を読んでくださった皆様へ

ブックデザイン：APRON【植草可純、前田歩来】
写真：市村辰文
ヘアメイク：村岡加奈子
スタイリング：八木下綾
DTP：柳本慈子
校正：聚珍社、加島小百合
編集協力：東美希
編集：金城麻紀、吉原彩乃

第1章　人間関係

信じてくれる人がいるから

被害者ぶってない？　人を信じられないのは自分の心と態度が原因。「まず自分から信じる」ようにしたら信頼できる人が増えた。

私は昔、人をあまり信じられない人間だった。

高校生・読モ時代は尖《とが》りまくっていて、SNSでもみんなに嫌われて、何も悪いことをしてないのに炎上して、あることないこと言われていた。

人間に絶望していたし、信じられる人間なんていなかったんだよね。

当時は、「誰も信じられない」と思っていたし、口にもしていた気がする。

でも、「愛されたい」「私は悪くないのに」「誰も信じてくれない」「誰も信じない」ってただ思っているだけじゃ、状況は変わらなかった。

被害者ぶるような、他人任せにする人が周りに愛されるわけないのに、当時はそうやって自分を守っていたんだと思う。「人間なんて信じられない」「友達はいない」なんて言っている私には、仲良くなりたいって言ってくれる人は一人もいない。そりゃそうだ。「あなたのこと大好きです！　信じてます！」って言う子のほうを好きになるに決まってる。人のせいにせず、裏切られてもいいと思える人を信じるべきだった。

人との関係を築く上で大切なのは「私が信じたんだから、あなたも信じてほしい」と強制しないこと。**相手の感情をコントロールして縛りつけて「信じ合う」という形をとったところで、本当の深い仲にはならない**。だから今は、いつの間にか信頼し合っている関係になれるように、まずは自分から信じるって決めている。

人のことを信じられる自分が好き。この考えでいたら、本当に大好きな人や信頼できる人が残っていくようになった。人間関係は「ご縁」だから、そのときの自分に必要な人がそばにいてくれるようにできているみたい。

大丈夫、いつか誰かが見つけてくれる。がむしゃらに生きた、もがいた。だから心から信用できる人と出会えたのかもしれない。

どん底だった私の人生を支えてくれた人がいる。数は決して多くないけれど、この人がいたから今の私がある！っていう人。

一人目はファッションの専門学校時代の友達。学校にほとんど味方がいない私に、態度を変えずに仲間でいてくれた人。実は私は内定を取り消されたことがあって、就職せずに独立を選んだ。その話をしたら、その子が「私も就活やめるわー。行きたいとこないし、一緒に気ままに服作ろうよ」って言ってくれたの。

「絶対にこの子の選択を私が正解にしてみせる。」って思った。その子がいてくれたおかげで、私はブランドの立ち上げまで命を燃やせた。詳しくは後で話すね。

二人目は、起業する前に出会った経営者。私はその人のことを恩師って呼んでいる。恩師は自分の会社のスタッフをとても大切にしていて、いつも優しくて、全てがスマートだった。こういう経営者もいるんだ！って目標にしたくなる人。恩師は**「人は信じていいんだよ」「ずっと応援するよ」「大人に希望を持ってほしい」**と言って、行動でも示してくれた。世の中や大人に絶望してトゲトゲだった当時の私も、恩師のことは信じてみようと思えた。私には失うものもないから、この人に賭けてみようってね。

この出会いは大きな財産。「頑張っても報われないのかも」「私って生きている意味ないのかも」と感じるときも、一生懸命自分にできることを頑張ってきた。だから、応援してくれる人に出会えたんだと思う。今でも二人は私のそばにいて一緒に生きてくれている。

独りぼっちだった私のことを二人は「見つけた」って言ってくれたんだ。

サービス精神旺盛な自分が好き。相手が求めることを理解するのが楽しいし、誰かと仲良くなれないのは悔しい。

私は誰と一緒にいるかによって、キャラが変わるほう。イメージは、役割分担。例えば話すのが苦手な相手なら、私から話す、とか。**「この人はこういうふうに接したほうがよさそうだな」っていう方法を見つけて、私も相手も居心地のいい空気を作りたい**。まあ、その場限りってこともあるけれど、それでもその場を楽しく過ごしてもらうのが一番よくない？

仲良くなれないと「私に嫌な要素なんかあった!?」って悔しいんだよね。だって嫌われる要素ないんだもん（笑）。そう思えるくらい、誰に対しても〝好き〟から入るから。仲良くなるためにできることは全部やりたい。

親しくなるために相手に合わせる……っていうと、自由じゃないみたいに聞こえるかもしれないけれど、違うよ？　相手の求めることに応えられたとき、「私も生きていていいんだ」と思えるの。自由だし、幸せ。無理はしないよ！　でも、その人のことを大大大好き♡だろうが、フツーに好きだろうが、仲良くなっていきたいなって思う。

「こういう接し方がいいかな？」の予想が外れるときもあるよね。なんか変な空気だな〜みたいな。そういうときは、**「どうしてそんな顔してるの？」「どう思ってるの？　話し合おうよ！」って素直に聞いちゃう**。聞いておけば気をつけられるし、相手への理解も進む。いいことじゃない？　それに、聞いてみたら意外とお腹《なか》が空《す》いてるだけ〜なんてこともあるし（笑）。

大人になるにつれて熱意を持って話すことって疲れるからみんなしなくなる。人に期待していない人が多いから、私は人から見える私の想像を超えていきたい。「期待してほしい、敵にしなくていい、大丈夫な大人もいるよ」って恩師が私に教えてくれたように、愛を持って人に接する人間でありたい。

全ては言い方。「私、人見知りなんです」じゃなくて「人見知りだけど、仲良くなりたいです」一生懸命話せば言葉が下手でも打ち解けられる。

YouTubeのコラボ動画の私を見て、初対面の人と喋《しゃべ》るのが得意そうと思われがちだけど、実は極度の人見知り。本当は静かな人なんだよ？（笑）でも、「私、喋れないです」って感じのことは言わないようにしている。昔は言っていたんだけど、あるとき思ったんだよね、ずるくね？って。**人見知り宣言って「初対面の人には頑張れません」「あなたが引き受けてください」って言っているようなもの。**せっかく出会えた相手にも失礼だよね。

でも、喋るのが苦手でどうしてもうまく打ち解けられないなら、最初に全部言っちゃったほうがいいと思う。**「人見知りでうまく喋れないけど、本当**

はみんなと仲良くなりたいです！」って。人見知りってことだけ伝えるんじゃなくて、うまく会話できない可能性があることや、仲良くしたい気持ちがあることまで言うの。ここまで伝えれば相手の負担が減る気がする。うまくテンションが合わなかったときに「この子って本当は仲良くしたくないのかな？」って不安にならないのはすごく助かるよ！

最初に言っておけば、言葉がどんなに下手くそであってもひたむきさは絶対に伝わる。「私の人見知りをフォローしてください」って態度より、「下手だけど頑張るので仲良くしてください！」って人のほうが好きになっちゃうよね。そして、相手に興味を持って、上手じゃなくても一生懸命聞いて、一生懸命喋る。それができれば大丈夫だと思う。とにかくさ、気持ちが伝わるのが一番大切じゃない？

自分の伝え方一つで全てが変わると思っている。

同じ志、同じ瞳を持った人を見つける。「この子を知りたい」と思った人と一緒にいる。

本当に人間関係って難しいよね。自分にとってプラスの道へ行くような、性別年齢関係なく一緒にいて居心地のいい人と一緒にいることのほうがいい。私にとって**同志とは、考え方や価値観、仕事に対しての姿勢や生き方が似ている人**かな。この人といると楽しい、幸せ、何か発見がある、お互いを高め合えたり、目を見ただけでお疲れ様、と言えたりするような人。見つけにいくのは難しいな。残っていくものだと思うから。不思議と縁が切れない人。

私は目を見て少し話した雰囲気で波長が合うか何となくわかるし、この人を知りたい!!　興味がある!!　って人には全力で好きですアピールするよ。

私の会社に入社してもらう人も全員、私が惹《ひ》かれる何かがある人。**周りに誰もいないって子は、それは自分が作り出した世界**なの。まず人に興味を持とうとしてみてほしい。その人の〝核〟を見ようとしてほしい。

心と心が通じ合える、同じ志を持った人だったら、どんなことがあってもその人自身と向き合おうと思える。

愛を伝えられる。私の大切な時間をその人に使おうと思える。**大好きな人には後悔がないように尽くす**。

だって大好きなんだもん。

私は、ファンのみんなのこと、同志だと思っているよ。私のファンでいてくれるみんながセンスがいいと思えるし、見る目あるって思うし、私を見つけてくれてありがとうという気持ち。私がみんなのファンだから、夢や目標を叶える姿を見せたいし、人生を賭けて発信して、私の大切な時間やお金を私のファンのために使い続け、魅せていくということをしているんじゃないかと思うから。

大好きな人以外とは深く関わらなくていい。
大好きな人のことは、とことん愛する。

私にできる精一杯の愛を伝えるよ。
私に愛されていることを知ってほしいから。

R

自分を理解してコントロールする。感情的で傷つくことが得意に生まれたのは、今さら変えられない。捉え方を変えて傷つきにくくするほうが楽。

私の父は真面目《まじめ》でめちゃくちゃ繊細な人。悩みすぎて、自ら命を断とうとしたことが何度もある。そんな父を見て、「私が絶対に守りたい。私のことで負担をかけたくない」って思った。心配かけたくないから、父に悩みを相談したことは一度もないし、今でも言わない。本当に大切な存在なんだ。

三姉妹の真ん中の私だけが見た目も中身も父に似ていて、感情移入しやすかったり、喜怒哀楽が激しいところは父譲り。

過去に言われた何げない一言や辛《つら》い出来事を思い出しては、突然涙があふれ出てきて、外で「死にたい死にたい死にたい」と泣きじゃくったことは何度もある。今でも年に数回はある。
それが前より少なくなったのは、自分の性格と対処方法がわかってきたから。傷つくことも、苦しくなることも、死にたくなることも何度も経験してきた。そういう自分を知っているからこそ、辛くなる前にできることや、死にたさから抜け出す方法を見つけられた。

同じことが起きても、考え方次第で傷つかなかったり、イラつきを減らしたり、悲しさを抑えることができる。**喜怒哀楽を無理やり抑えるよりも、捉え方を変えて波をゆるやかにするほうがずっと楽**。

自分を理解した今は、感情に振り回されにくくなった。これは経験が必要かもしれないけれど、今、自分の感情で悩んでいる子は、何をしたら、どう考えたら、自分の機嫌が取れるかをいろいろ試してみて。自分のことを理解したら、きっと楽に生きていけるはずだよ。

切り抜かれた一部分を見るだけで全ての真実を理解するなんて無理。あなたの目にしたことを大事にしてほしい。

父は昔から双極性障害《そうきょくせい》といって、気分が高まったり落ち込んだり、ハイな状態とうつ状態を繰り返す脳の病気を患っている。父が子ども想いで優しいことは、家族も周りの人も知っていた。でも、重度の精神疾患は、自分ではコントロールできるものではなくて、性格が変わってしまうことがある。それでも家族のために必死で生きているなとは思っていた。

あるとき父の病気が悪化して、人を傷つけてしまった。高校生で私がこの件をＳＮＳで発信したときには、心配の声もあったけど、冷たい言葉をたくさん投げかけられた。仕方ないけど、父が一人で思い悩んでいたことやそこに至るまでの様々な理由、実際に現場で起きたことは、私達家族にしかわからないとも思った。傷つけた側の家族の気持ちを知った。ニュースでは一部分しか切り取られない。そのせいで、たくさんの知らない人がまるで全部わかっているかのように、上から目線で言いたい放題になるんだなと知った。あぁ、報道だけを信じて、人を非難するんだ。お前らに何がわかる？　世の中に絶望した出来事の一つだ。

結果として、父は法の裁きを受けなかった。約1000人の署名や被害者の方が父を庇《かば》ってくれて、罪にならないように動いてくれたおかげだった。父を知る周りの人達が率先して、父のために動いてくれた。

父を叩《たた》いてきた人はそんな事実も結果も知らない。父がしたことは許されることではない。けれど、現実と世間の認識とのギャップに叩きのめされた。**どんな問題にだって、表に出てきていないことがあるんだろうな。**物事にはいろんな面があるんだ。善と悪は自分の目で耳で知って感じて考える。それが大切なことではないか。

スマホを閉じて目の前の世界を見て。人の悩みのほとんどは他人の投稿から始まる。フィルターのない現実世界は驚くほど平和で優しい。

私の夢は洋服のデザイナー。小4でファッションに目覚めた私は、小6のときにはデザイナーになることが明確な夢になっていた。幼いながらも、デザイナーに最短でなる方法を考えた。「SNSで知名度を上げてプロデュースブランドを立ち上げる」ために、私は中学生のときからSNSで発信をしていた。私なりの考えを発信したり自撮りを載せていたが、知名度が上がるたびにあることないことを言われたり、ネットで叩かれることが多くなった。度々物議を醸す私にも問題あるけどね。いろいろ言ってくる人たちへの対処法は、自分の投稿に関連しないSNSを見ないこと。私は自分の投稿と自分へのリプライやコメント、ＤＭくらいしか見ていないし、最近はエゴサもしないかな。だけど、中学・高校時代は全部見て傷ついていた。

自分にとって間違いじゃないこともネットでは間違いだと叩かれてしまったり、顔についてもめちゃくちゃ言われる毎日だった。専門学校1年生のとき、ネットで公開お付き合いをしていた彼と別れたときの大炎上で、「この方法でデザイナーになるのは無理だ」と思い、ＳＮＳを全部やめてみた。

そしたら、めちゃくちゃ平和になったの！　**「なんだ、スマホを閉じれば平和に生きれるし、幸せなままでいられるじゃん」**って気づいたんだよね。**ＳＮＳで見えるものは、一瞬の出来事をただ切り取っただけ。**ＳＮＳの小さな写真や限られた文字数をキラキラして見せようと見えないところでもがいているかもしれない。だけど、ＳＮＳがあったから、みんなは私のことを知ってくれた。いい面もたっくさんあるんだよね。みんなとつながっている感じがするもん。でも、うまく活用できなくて心に余裕が持てないときは見なくていいんだよ。そのときは、現実世界の〝五感〟を大切にしてみてね。

環境は自分で作る。誰かにむかっときたらまず反省。むかっとする状況を作らずに済む方法を自分を変えることで模索したい。

「全部自分に原因がある」。そう考えるようにしたら、人間関係が楽になった。今の環境は全て自分が作り出したものだと思っている。

昔は人と口論になったときに「おかしくない？」「私が正しい！」って、感情むきだしで怒っていた。でも、それで状況や相手が変わることってあんまりない。だから、私は**「なんで相手はそんなことしたのかな？」「なんで私はむかついたのかな？」**って理由を考えるようになったんだ。相手の行動を振り返ると、「私の言動が悪かったのかも」ってことが意外と多くてさ。それに、他人の言動を変えるのは難しいけど、自分の言動は変えられる。だから、「怒らなくて済む環境を自分で作ろう」って自分を見つめ直した。そしたら、言い方を変えるくらいの小さなことでも、かなり変化したんだよね。そして私が「むかつく！」と思うとき、その根っこには期待があることにも気づいた。それって自分勝手なんだよね。人に対して「こうしてほしいな」って**勝手に期待して、その通りにならなかったら怒るって偉そうじゃない？** だから期待はなるべくやめて、「どこが私のせいだった？」「自分が変わって解決する部分はあるかな？」って考えるようになった。

とはいえ、イライラすることはもちろんあるよ。でもさ、人ってそういうもんじゃん。他人が考えていることも、何を期待されているかもわからないし、よかれと思ってしたことが相手を怒らせることだってある。だってみんな別の人間だもん。

他人に期待しすぎない。状況を良くしたいなら、まず、自分が変わること。それが手っ取り早いよ。

いらないプライドは捨てる。ちょっと舐められてるくらいが生きやすい。わからないことを教えてもらえるし、助けてくれる人が増えるから。

「うわっ」と思うことをされても、受け流すほうが楽に決まってる。他人への注意って疲れるし。といっても私はおせっかい女だから、その人のためを思って言いたくなっちゃうんだけどね。優しいでしょ？（笑）

いきなり失礼なことを言われたら「初対面でこんなこと言える人いるんだ、すごっ！」って観察するし、見下されても「逆に面白いな」って楽しんじゃう。私は、誰にも流されない強い芯を持って生きてるから、どれだけ見下されても全然気にならないんだよね。**むしろ、舐《な》められていたほうが楽**。学生時代は無駄にプライドが高くて、舐められたくない性格だったせいで、話しかけるな！みたいな態度になってた。プライドはあるけれど、舐められたくらいじゃ傷つかない。舐められるのは相手が警戒を解いてるってこと。それって私の勝ちじゃね？とすら思う。バカなふりって超楽で生きやすいの。

それに、舐められているとお得なこともたくさん。「わからないので教えてください！」って質問しやすいし、助けてくれる人も増える気がする。知らないことが多い私を「それで社長やってんの？（笑）」って馬鹿にする人なんてめちゃくちゃいる。

プライドや芯みたいなものを、ちょっと関わるくらいの人に見せびらかす必要なんてない。本当に信頼している周りの人がわかってくれて、自分の中に「負けないぞ」って気持ちがあればじゅうぶんだよね♡　下手《したて》に出たほうが得なことも、たくさんあるよ。

社会の構図は簡単だよ。「この人が必要だ」と認定されれば勝ち！自分の価値を上げるために周りに合わせると思えれば楽になるかも。

お仕事での人間関係も悩むよね。上司が苦手だったり、同僚と合わなかったり……。どんなお仕事でも人間関係って悩みの種。

私は、仕事での人間関係は**「この人が必要だ」と思わせたら勝ちって思ってる**。だから私は苦手な人に対して、むしろ燃えるタイプなんだよね。相手に合わせるのも、下手に出てみるのも、苦手な人に対しての攻略を考えるのってワクワクしちゃう。攻略できたら、人間関係が良くなって仕事は円滑に進むし、結局は自分のためなんだよね。

「私は人に気を使うことなく、自由に過ごしたい」って思ったとしても、自由になるためには、やらないといけないことがたくさんある。会社の構図って簡単で、社長がいてその下にいろいろ役職がある。自分がどの立場にいて、何をすれば上に行けるかを考えたら……今いる場所から必要とされるために頑張ることが、実は一番の近道なんだよね。

仕事場になじめないって悩んでいるときも「自分のために相手に合わせるんだ！」と考えると楽になれる気がする。まずは周り任せにしなければ解決の一歩になるんじゃないかな。

その場所で必要とされるために自分が動いてみる。合わせてみる。必要とされれば、なじめるはずだもん。セクハラとかパワハラとかの問題は別だよ。心が病むくらいなら去る！　自分を守るのは自分だけだから、最高な環境を自分に作ってあげて。

人間関係の悩みは「面白い」。苦手な人にも居心地のいい場所を提供していくことで人間関係の悩みが解決しやすくなる。

人間関係の悩みを「面白いな」と切り替えられるようになってから楽になった。人と接するときって「この人はこういう性格だからこうしてみよう」ってある程度パターンにあてはめて行動するじゃん？　悩むってそのパターンにハマらないってこと。だから**「新しいタイプ来た！」って思っちゃえば楽しい**。ゲームで新キャラに出会ったときみたいな？（笑）

みんなから嫌われている人にも、偏見を持たずに接したら仲良くなれちゃうこともある。

そういう人達って、良くも悪くも素直なことが多い気がする。相手がどう思うか考えず、やりたいようにやるから苦手がられる。

人間関係の悩みは、苦手な人も含めていろいろな人と積極的に接してきたから、要領がつかめてきた気がする。**どんな人に対しても「居心地がいいと思われよう！」と気を配ってきたことで、**対応力が磨かれたんだろうな。「新しいタイプ来た！」がどんどん減っていって、「この人にはこうしたほうがよさそうだな」が当たるようになってくると、人間関係の苦手度がぐっと下がる。

苦手な人との付き合い方を攻略することは、生きやすい自分への一歩になるのかも。私も最初は好きな人以外は受け付けない！　喋らない！　だったけど、人とのご縁を大切にすることってすごく自分のためになると思ってる。今は少しずつできるようになってきたから、ぜひ試してみてね。

嫌なことを人にされたときは「私なら人にこんなことしない！」って
心の中で思っていればいい。

自分の大切なエネルギーは、使うところをしっかり選ぶ。
苦手な人にも私なりの愛を伝えるし対応する。
気づいてほしい。目覚めてほしい。

でも伝わらなさそうだな、
自分は大切にされていないなと感じたら離れる。

私の
とびっきりの想いや愛が伝わらないなら、
見る目ないな?って単純に思うから、さようなら。

友達関係を整理しよう。苦手な人とは自分からしっかり距離を取る。「ずっと友達でいようね！」と約束した人とさよならすることだって大事。

どんな人に対しても愛想よく振る舞っていると、面倒なことも起きるよね。こっちが気を使って頑張って空気を作っていただけなのに、そのことに気づいていない相手から「楽しかったからまた会いたい！」ってどんどん誘われてしんどくなることがある。

みんなに気持ちよくいてもらうことは大切だけど、その中で**「この人は私にとっても居心地がいいな」という人とそうじゃない人は、はっきり見極めるようにしてる**。そして、一緒にいて私が楽しくない人には、必要最低限のお付き合いができるレベルを保ちつつ遠ざかる。「最近忙しいので、時間ができたら私から連絡します！」って言うとかいいんじゃないかな？

あと、ずっと仲良しだったけど、苦手になることもあるよね。逆に、信じていた人が離れていってしまうこともある。私は「そういうこともあるよね」って諦める。仲が良かった頃、「ずっと友達でいようね」って言ったときはお互いマジで言ってるんだよ。そのときの気持ちは本当だってことも忘れない。生きていく上で生活も仕事も変わっていけば、当然、気持ちが変わることもある。気が合わなくなることも、そりゃあるよ。今すごく仲が良いあの子とも、何かが変わってしまって、もう大事にできないって思う日が来るかもしれない。私はそうなっても、あのとき「ずっと友達でいようね」と思ってくれて、思わせてくれて、ありがとうって感じるなぁ。ちょっと寂しいけどね。「一生友達」を守りきらなくてもいいと思う。

「そのときに必要な人」が近くにいる。流れに身を任せて、今周りにいる人達を大事に、とことん愛してあげたらどうかな。お互いにとって必要な人は、ちゃんと残っていくものだよ。

相手の感情を束縛しない。好き嫌いは相手が決めること！気になりすぎたときは素直にどう思ったか聞いて不安を解消。

人にどう思われるかが気になって、人間関係で悩んでしまうこともあるよね。言いたいことが言えない、やりたいことがやれない、って。

極論なんだけど、嫌うかどうかって相手が決めることで、どうしようもないこと。**「私が我慢すれば、相手は嫌わないでいてくれるだろう」なんて結局予想でしかなくて**、もしかしたら「自分の気持ちを我慢して、言いたいことを言ってくれないのは困る」と思われている可能性だってある。その人の感情はその人が決めるものだから、「我慢したんだから嫌わないでよ！」なんて無理なんだよなぁ。

だからって、好き放題に自分の意見を言うのは不安になるよね。わかるよ。もうね、私はそういうとき不安をぶつけてみるよ！「嫌だと思われていないか怖い」って、相手の気持ちがわからないからこそ起きる不安。だからもう、素直に聞いちゃう！わからないままにしない！一人であれこれ悩み始めると、つい**「嫌われたに違いない」と勝手に思い込んじゃうけれど、意外と外れてることも多いよ**。特に友達は、嫌だったらちょっとずつ離れて疎遠になっていく人が多いもん。近くにいてくれるってことは、そんなに嫌だと思っていない可能性が高い。だから素直に聞いて安心したほうがいいと思う。勝手に「私のこと嫌いなんだ」って判断するのは相手にも失礼だと思う。好きで近くにいる相手にそんなこと思われてたら、逆に「なんで？ なんか嫌なことした？」って思って落ち込むもん。

だから、不安は即確認で解消！ 人の感情を勝手に判断しないように気をつけている。

第２章　恋愛

ありのままのウチらで恋愛しよう

恋愛だけはバカでいさせて！
幼稚園の頃からずっと恋愛体質で、もう恋愛しない！と決めても恋しちゃう。しょうがないよね、恋のほうから私に寄ってくるもん♡（笑）

完全に恋が大好きです♡　一気にアホな話になるから息抜きに読んでね♡
私は恋愛体質で、好きになったら一途《いちず》でゾッコンタイプ。「恋ってツラい！」「もう恋はしない！」と思っても、私のことを好きっていう男性にすぐ惚《ほ》れちゃうかも。単純なの（笑）。でも、ストライクゾーンは狭いよ。脳内で選んでるんだろうね。
私にとって恋は癒やしで、人生に絶対に必要。誰かを本気で大切に、愛した経験は未来の自分を作る上で必ず意味あるものになる。**本能で求めてることだから。しっかり乙女になって、その時間を大切にしたい**。他の時間は仕事にめちゃめちゃ集中するから、彼氏といるときだけは甘えまくりたい。

昔は男に惚れたらメンタルボロボロになるまで尽くしてたけど、さすがに考え方が変わった。**大きな変化は、パートナーがいなくても平気な精神状態でいられるくらい仕事が充実していることかな。**好きなら自分のメンタルが死んだって構わない……が昔の恋愛。でも、彼氏のために苦しんで悲しんで泣き叫ぶ常に不安な自分、好きじゃない。だから今は安心して付き合えて、お互いを想って行動して高め合える男性がタイプ♡

ワクワクする、この人を知りたい、同じ世界を私も見たい、全部を共有したい。そう心が動かされることって、恋愛以外にある？　相手を思うとドキドキして、会うのが楽しみで、おしゃれして、恋に落ちてお互いが沼る状況ってロマンティックで素敵！　だから恋愛だけはバカでいさせて（笑）。自分で言うのもなんだけど、純粋なの。愛する人のことは全て信じるし、私が命懸けで支えるし、与えられる全てをあげちゃう♡　他の女性じゃ物足りなくなるように、いろんな景色を見せて、彼の記憶に絶対残る女になるんだ。

「仕事」っていう大事なものができて、
私には守るべきものもたくさんできてしまった。

だから、それを超えるくらいの
スーパースターが現れてくれなきゃ
付き合えない。

それか、全てを捨ててもいいくらいの
男性に惚れ込みたい。

あ、昔と変わってない？（笑）

自信がないから恋愛できない？
自信つければいいじゃん。
自信がなくても恋できる方法じゃなくて
自信がない原因を探す！

「自分に自信がなくて恋ができない」というお悩み、コメントやＤＭでよくいただきます。**細かく自分を分析していけばきっと原因が見つかる**。自分のことを紙に箇条書きで書き出してみてほしい。最初は好きな食べ物とかからでもいいから、とにかく自分のことを考えて書く。笑顔が作れない、うまく喋れない、容姿にコンプレックスがある……何かしら「これが原因かも」というものが出てくるはず。見つけたらその考えを排除できる方法を考える。改善する。

その方法は、「できている人に教えを請《こ》う、教えられたことは全部やる」

が早いんじゃないかな。頼れる知り合いがいないなら、ネットの情報でもいい。やってみて、できなくてもいいと思う。**変えようとしただけで進歩だし変化！** 行動すればじわじわ何かが変わる。これは絶対。行動しないなら、そのままでいいって心のどこかで思っているんじゃない？

逆に、同じ悩みを抱えていそうな人を見てみるのもいいよ。**うまく喋れなくても恋できる人もいるし、美男美女しかカップルになれないわけでもない**。そっち側の現実も見てみると「あれ？ 大丈夫かも」と思える可能性もある。自分が気にしちゃってるだけで、実際は恋の障害物になってなかったってことも多いよ。恋愛できない理由をいろいろ言い訳してるだけじゃない？

自信が欲しいって思ってる人のほうが多いと思うから、相手が欲しい言葉をあげて相手に自信をあげる。そうすると誰かに必要とされる自分になるよ。そうしたら、自分の自信にならない？

求めることを相手に与えることで、自分が得られるものもあると思うよ。

彼氏とうまくいくコツ。「いったん謝る」「可愛く伝える」は自分のメンタル安定にも効く！彼が隠し事をしない環境作りは最強。

どんなケンカも、お互いを悲しませたり怒らせた事実があるんだから「いったん謝る」はすごく大切。

「悲しい気持ちにさせてしまったことは、ごめんなさい」と最初に言うと、お互い冷静に話し合いがしやすいよ。

昔はすごく彼氏を束縛してた。彼が女の子と喋るだけで不安になって、可愛くない拗ね方やキレ方をする。「私が嫉妬するのになんで!?」「別れたいの!?」ってずーっとケンカ。怒りは怒りで返ってくることが多いからね。あの頃の私は自立してなかったな。安らぎを自分で作り出せなくて、彼氏に求めてた。

嫉妬しなくなったわけじゃない。ただ、言葉を柔らかくするようにしてる。「○○ちゃんと話してたの、ちょっと妬《や》いちゃったな♡」とか。そしたら全然違うの！　人って怒られると隠すようになる。小さな嫉妬でキレてると、彼はやましくないことまで隠そうとする。そのせいで「何か隠してる！」「浮気してるんだ！」とさらに疑ってしまう。何もないのに、最悪の状態のループ。だから、**ヤキモチの言葉を柔らかくして彼が話しやすい環境を作っておく**。「可愛く伝える」「いったん謝る」って、自分の心の安定にもいいと思う。

私は全然嫉妬するタイプだけど、彼が素直に「あかりが一番好きで可愛い」って言ってくれたら、すぐに機嫌直るよ。まぁ、しつこく言ってくれないと機嫌は直らないけど（笑）。とにかく、ずっとお姫様にしてくれたらなーんでも許すけどね。

フォローしない！

ミュートにする！

自分が嫉妬する原因を潰して対策する

重い女になりたくなくても、

ヤキモチの強さなんか脳の作りによるし、

一気に変えるのは難しい。

彼氏のSNSは

私の前の彼だけを信じる。

見てない時間は知らなくていい。
とにかくリアルを大切にするんだ。

結婚するつもりだった。
26歳で婚約してた。

YouTubeである日投稿した「大切な人がいます」という動画。実は大切な人がいて婚約していました。その彼とお互い目標・夢を叶えて最高なタイミングで世間に結婚を公表しようと誓っていた。彼といた数年間は夢のようで、初めて「これが人生のパートナーか」と思ったんだ。私の想像をいつも超えてくれる王子様。プロポーズされたときは人生で一番幸せな瞬間だったな。

大切すぎて。簡単な恋愛ではなくて。誰にも邪魔されたくなかったから二人で秘密にしていた。彼といた数年間は何度思い出しても素敵な景色をたくさん見れた。自分と根っこが似ている人だった。人を大切に、愛し、夢が壮大で、でも着実に前に進む努力を惜しまない人だ。彼を想うとエネルギーが出てくる。あ、見つけた私の王子様♡って思ったよ（笑）。

親に報告・紹介したとき、私以上に親が喜んでくれたことを私は忘れない。私の親に婚約の説明をする彼の男前な姿、彼を見て認めた目をする親、あぁ、私は大切にされている女の子なんだって思ったな。

〝二人の未来〟を彼はずっと私に提示してくれたんだ。私の生きる意味をくれた。

彼は、私がケンカして怒り、泣き叫んでいても、「捨て猫みたい」って私を絶対に一人にしなかった。いつだって向き合って、大野茜里をまっすぐ見てくれたんだ。

私の27歳の誕生日に、一泊130万円の都内のスイートルームで、私が欲しかったジュエリーと40本の薔薇《ばら》——花言葉は〝真実の愛〟——を、彼はくれた。そのときはこれがどんな意味を示すのか、私はわかっていなかったのだろう。

「婚約破棄」28歳で心から愛した人と別れを決断。ガリガリに痩せて精神科に通った。この世界がモノクロに見えた。

自分にとって最も許せないこと。これをしたら別れる、地獄に落とすと彼には伝えていた。

まさか彼が私の悲しむことをするなんて一度も疑ったことがない。彼は毎日、どれだけ忙しくても帰ってきてくれたから。

お互いが地方に行ったら、寂しくて地方まで飛んでっちゃうくらい、ずっとそばにいたんだ（笑）。

ある日、私たちの仲を裂こうとした人によって私は知ってしまうのだ。私が最も許せないたった一つのこと。

彼の裏切りを知ってしまった。

そのときから私達の幸せな、当たり前だった日常が崩れていった。

私がパリに行く前日に二人で大泣きして話し合いをした。

「私が、悪かった？　私に魅力がなかったから？」

と、泣きながら彼に伝えたのだ。今でもあのときの彼の絶望的な、後悔している顔を忘れない。


男性は、怒りではあまり心に伝わらなくて、悲しさが一番伝わるらしい。

初めての感情だけど、一度は許して前に進もうと思った。でも、そこからが地獄の始まりだった。何度もフラッシュバックする最も悲しいこと。彼を信じたくても信じられない自分が、彼を責める自分が、醜くて。このまま一緒にいたら、彼は私を嫌いになるだろうし、私も自分のことを嫌いになると思った。

だから、私から別れを告げたんだ。

「もう二度と私のために私の前に現れないでほしい。私は未練があると連絡してしまうから、私から連絡が来ても反応しないでほしい。愛している。でも、もう一緒にいたらダメなの。私を楽にさせてほしい。さようなら」

錯乱状態で彼に言った。彼は「また必ず会おうね」と言って私の前から姿を消した。

その後は地獄絵図。もう明日が来なくていいし、やり切った、幸せだったと思って自殺未遂をしたくらい限界だった。

私は人生の延長戦を生きていたつもりだったから。未来を見せてくれたのは彼だったから。ここで終了だーって思ったんだ。

いつの間にか、彼がいるのが当たり前の世界になっていて、彼に依存していて、一人で生きていた頃の自分を忘れていたんだろう。

周りに救われて生き延びた。あの日に迷惑をかけた人、ごめん。

あの日から時が止まって、まずは自分を取り戻すために必死に生きた。私は彼がいないからって堕《お》ちてはいけない。私を失ってはいけない。動画更新もしっかりした。食欲もないからガリガリに痩せるし、彼がいない夜は寝れないから、精神科で眠れる薬をもらった。

何度起きても、彼が横にいない現実は耐えられなかった。

それくらい、心から愛していたこと。彼が当たり前にいたことがどれだけ幸せな日常だったのかを私は知ったのだ。

当たり前の日常が幸せなことに、みんなは気づいてる？

今、幸せに満ちていることに気づいて。

あるといらなくなる。ないと欲しくなる。本当に人間はわがままで、欲張りだ。

別れたら二度と戻ることはないと思ってる。超超超運命の相手ならもう一回出会えると信じてLINEブロック削除。

別れを引きずる性格ではなかったけど、婚約していた彼のことはきっと永遠に忘れられない宝物の記憶になりそう。

宝物にしたかったから私は別れを告げたんだ。「これ以上付き合い続けるのは無理だ」と思って、二人で歩む未来ではなく、別れることを決めたなら復縁は基本無理かなと思う。

別れた後に辛くなるのは、お付き合い全盛期の幸せを思い出してるから。人は時間が経《た》つと良い思い出が残るようになるらしい。

復縁したところで、そのときには戻れないのでないか。

別れて2〜3カ月は本当に辛いよね。あのシーズンは、マジで世界がモノクロになる。「好きだったなぁ」「もう戻れないのかな」って考え込んじゃう。あの時期を耐えきってきた自分を褒めたい。よしよし、大丈夫、またいい男くるからねって（笑）。

その辛いシーズンが来るとわかってるから、私は別れたらLINEを即ブロック削除。連絡手段を断ち切るよ。あの時期に相手に連絡されると、私は絶対ヨリを戻そうとしてしまうから。

「どうか、お願い自分。辛いんだから別れたんだよ。私の心の悲鳴を忘れないで」

辛くても自分から全部連絡を断つ。もし、**その人が超超超運命の人だったらもう一回出会える！** 運命で決まってるんだったらまたどこかで人生が重なるだろうし。流れに身を任せてみるという意味でも、別れてすぐはブロック削除。しんどいけど、いつの間にか忘れる時間が増える。時間は最大の薬だね。その人がいなきゃ生きれなかったのに、不思議だね。

「真実の愛」とは？
白か黒か。
ハッキリするのが愛なのかと思っていた。
でも、グレーという曖昧な色にも藍がある。

「愛していた婚約者とお別れしました」という動画を出した。真剣に伝えたつもりだけれど、物議を醸してしまった動画だ。

彼のいない数カ月を過ごして、私は何度も彼を憎もうとした。でも、一番大切なのは〝全てを許すこと〟。それが自分の心の解放だった。

人生は許すことが大切なのではないか？　愛することは許すことなのではないかと思う。

私は彼の「また会おうね」ではなく、「さようなら」を聞かないとこの恋は終われない、と思っていた。
でも、今はわかる気がする。彼の私への愛が。この行間をみんなに伝えたい……。

曖昧の中に隠された愛が。彼を知る私には伝わるんだ。
別れて数カ月。いろんな感情が巡って**最後に私の心に残ったのは、彼への愛と感謝**です。

自分が一番許せないことをされて、悪魔のようになる自分が怖かった。
愛している人、大切だった人への気持ちが薄れてしまうかもしれないという寂しさ。これが過去の話になるかもという寂しさ。
もがいて、もがいて、白か黒か答えが出なくて。

でも、やっとわかった。

「真実の愛は無償の愛。見返りを求めない一方的な、愛し続ける想い。私は彼を愛しているんだ。彼を想う気持ちは変わらないものなんだ。私は心から傷ついた一件があっても、今は彼を許しているし信じている。全てを受け入れている。あなたが会いたいなとか、いつか思ってくれたときはどこかから連絡くれたら嬉しいです。あなたには私しか無理だと思うから、気が済んだら戻っておいでね」

こんな思いを動画にした。これが物議を醸したんだけど……。じゃあ戻りたいの？　復縁したいの？　形は別れたじゃん？　未練たらたらなの？　いろんな〝白か黒かハッキリしたい方〟の意見がSNSにはあふれた。

私は彼に「世界中が敵になっても私だけはあなたの味方でいる」と言ったことがある。その気持ちだ。だから別れを切り出した私が未熟だったなとも思う。死ぬまで一緒にいると誓ったのにさ。

復縁したい……そんな次元じゃない。曖昧だが、**私はあなたの味方でいることは一生変わらない。**

居場所は変わらずここにあるよと伝えたい。パートナーという形じゃなくても、大切な人という括《くく》りに変わりはないのだ。

この先、彼との未来があっても嬉しいし、彼じゃなくても、私は前に進む決心がついた。

「愛と呪いと祈りは似ている」と本で読んだことがあるが、本当にそうだと思う。

——幸せになってね。でも、私以上はいないから私を忘れないで——。

愛は複雑な形をしている。だから正解はないし、曖昧な色でも藍があるのだ。

あなたを藍色に染める、美しく装った、愛。

恋への依存ループは
エネルギーの発散先を増やすしかない。
自然と恋愛がおろそかになるように
自立して、没頭できる仕事、趣味、勉強、友達を探す！

仕事をしよう。お金を稼ごう。キャリアはあなたを裏切らない。男性に仕事で負けたくない。私は恋愛で仕事がおろそかになるのはみっともないから嫌だ。恋愛に依存しちゃう人は、別れても次の恋でまた地獄を見るってパターンを繰り返すことが多い。彼しか見えなくなる性格を変えないと、永遠にそのループから抜けられない。どうやったら変えられるの？と思うじゃん！ありがちかもしれないけど、**答えは「他に夢中になれることを見つける」**。

全ての時間、全てのエネルギーを恋愛に集中させてるから依存が継続してしまう。恋愛体質の人って、単に「一つのことにエネルギー注ぎがち体質」

なこともあるから、他に夢中になれるものを見つけられたら、恋愛依存から抜け出せることもあるよ。

私は仕事に夢中になったときに、仕事以外のことが邪魔になった。つまり、恋愛の優先順位がガクンと下がったの。**仕事は自分をしっかり評価してくれるし、生きるためのお金も得られる**。自分にお姫様のような生活をさせてあげることもできるんだ。**自分の人生を自分のお金で過ごせるという自信や余裕があれば、誰かによって得られる幸せに執着することがなくなる**。お金の余裕があると大体のことはなんとかなるなぁ、とも思う。自立って大事だね。

依存体質が完全になくなったわけではないよ。仕事に依存しているし、不安になって病むこともある。でも、恋愛っていう一つの依存から抜け出せた経験が他のことにも応用できて、あらゆる依存とうまく付き合えるようになったんだよね。全てをプラスに変えてきた経験が、今の私を支えてくれてる。

過去の自分と比べて、成長できた自分が今ここにいる。この先ももっと進化できるんだって、未来の自分を信じていきたいな。

セフレ問題？ 好きな人とセフレになる人は辛くても現状維持しがちな人。「彼女にはしない」と思われた現実を見て自分が変わらないと関係も変わらない。

ワンナイトな関係は全然ある♡　むしろそこは男性っぽいかも。ワンナイトのリピートは向こうが希望しなかったら、私は基本ない。「あ、この人に抱かれたい」と思っても1回で満足する。体から入る恋愛もアリだと思う。私は肯定派だよ。てか、私はそれしか無理……体の相性って大事だもん（笑）。でも**セックス以上に、心の関係を私は一番快感に思う**ことに気づいた。

セフレはお互いに納得していれば何の問題もないんだけど、自分の心が彼に傾いてしまって、ずっと会っているのに言葉ではっきり言われなくて、「これってセフレ!?」な状況もあるよね。そういうときって、「この状態でいいかも」みたいな気持ちがどこかにある。だから呼ばれて家に行っちゃうし、付き合ってないのにセックスしちゃう。でも、相手の希望どおりに動いてたら、相手は関係を変える必要がないんだよね。そもそも「彼女にしたい！」と思ってもらえれば、都合のいい女扱いはされないわけだし……。そこに収まっちゃった現状を見つめて、自分が変化しないと相手は変わらない。

私だったら、**その人が「彼女」に求めるのが何かを探る**。その要素を自分が持ってないから、付き合えないんだもん。まず改善点を探すでしょ！

どうやっても付き合えない場合でも、**「都合のいい女」からは脱出しないと、また浮気や不倫をしたい人のターゲットになる**。見抜かれて付け込まれる。「付き合う人にいつも彼女がいる」と言っている人は、「辛くても現状維持しちゃいがち」と分析してます。クズに付け込まれないで！

利用されるんじゃなくて、利用されてるふうにしてあげて、こっちが利用してやるんだよ♡

セックスよりも心が通っているのが一番の快感。蛙化現象やセックスレスになったことがない！愛する人の全てが愛しいし、全部がセクシー。

よく話題になる恋人同士の悩み。蛙化現象やセックスレス。私は今までなったことがないの！　まず、好きになった彼のこと、全てが愛おしいって思えるタイプだから。自分が大切にされてないことは怒るけど、彼の行動は基本的に全部かーわいい♡　愛おしい、ってなるよ。完璧を求める人って、何様なんだろう？と思うし、それは本物の〝好き〟ではないかもね。

あとセックスレスはなったことがないからわからないな。愛の形はセックスだけじゃないし、心が通っているのが一番の快感だと思います。

どんなときも信じ合えてる、絆がある、絶対的な存在。お互いが一番の理

解者であること。愛し、愛されているとわかるのが一番快感です♡

レスにならない理由は、私が我慢しないから？　**3カ月もしてない……なんて悩む前に私から仕掛けてる！**　してくれないなら「もう何週間もしてなーい！」って笑いながらストレートに言う。そこまで言ってダメなら、もうバイバイするか、徹底的に話し合うかの二択。自分にとってハッキリとしたいことはハッキリさせる！！！

あと、女性としての努力は惜しまないかな。それが彼への礼儀でもあると思うし、お互いが努力するべきとこだよね。ずっと彼に恋して、愛されたいから、私なりに可愛いを極めるし、下品なことは避けます。

でもでもっ♡　私は好きな人だったら何を見ても興奮するんだよね。おならしても、鼻毛出てても、毎日全裸を見ても、可愛い……エロい……たまらない……ってなるんだ。マジで変態だと思う。それくらい彼の全てを丸ごと愛しちゃう女だよ。

相手もそうであってほしいから、マッチングする人がいいよね。

いつだって私に選択権がある。
主人公は私……♡
美しく、強く、凛《りん》とした女性で。
自分が恋の選択権を握れるくらい
自立した女性でいること。

誰かの一番が欲しいよね。**まずは自分から「私は大事な子」って思ってあげることが大切だし、いつだって美しく、強く、凛とした女性でいることを心がけてみてほしい**。自分の価値は自分が高めてあげる。

「愛してるよ。何しても可愛いよ。生きててくれてありがとう」って、いつも私は鏡に映る自分に思うようにしてる。

自分を一番に大切にして、個を確立する。

そして私はいつだって私が主人公だから、どんなシーンも美しい姿でいたいの。

自分で怖いなって思うんだけど、どんな瞬間もヒロインを演じてるなって思う（笑）。ぜーんぶ本気のパフォーマンスだよ。

彼と会うとき、ケンカしてるとき、泣くとき、別れ話をするときも、私はまず身なりを美しく整える。とびっきりの舞台を自分に用意して衣装も揃《そろ》えるんだ。そして流してる涙も美しく流れますようにってどこかで思ってる……。

フランスのパリで別れ話をしたときは、その舞台のためにドレスアップに100万円以上かけたこともあるよ。

「おまたせ♡」って。フィナーレはできる限り美しいほうがいいからね。

私、お付き合いして振られたことないんだ。絶対に最後は私に選択権を持たせるくらい、彼を振り回すんだ♡

なんだかんだ、私は自分に結局酔いしれてるんだなあ。

喋らせたら勝ち。他の女と一味違うと思わせるには圧倒的な聞き上手であること。気持ちよく喋らせたらこっちのもの！

他の女とは一味違うと思わせたい！　私はそう思って、落としたい相手と接してる。どこで差別化するか。それは、「相手に喋らせる」こと。そもそも人間は共感・理解してもらうことが嬉しい生き物。だから、気持ちよく喋らせてくれる相手に惹かれていくもの。心の壁がある人も、少し話せる場所ができるのは嬉しいはず。人見知りの人こそ、喋りやすい相手にハマる。「あの子がいると居心地がいいな」と思ってもらえたら、過去一の女……つまり、一生そばにいてほしい人間になれるんじゃないかな？　私は嫉妬深いし、わがままで頑固だから、インパクトも過去一の女になるよ（笑）。

聞く、興味を持つ、共感する。相手の話を引き出す。こっちがうまく喋る必要はないから、そんなに難しくないよ。「あなたのこと理解してますよ」的な言葉を伝えられたら完璧かな。これは男の人だけじゃなく、女性でも職場でも、誰かとの関係をうまくいかせる一つの方法だと思う。相手の一番の理解者になる。話を聞き出すのが苦手なら、**質問を考えて、聞いて、それを一生懸命ふくらませる練習をしてみる**。難しければ最初は事前に質問を考えておくといいかも。私もYouTuberさんとコラボ動画を撮るときは、質問をしっかり準備して行くよ。自分が純粋に気になること、その人が自分からは喋らなさそうだけど自信がありそうなこと。聞き出すことに慣れてきたら、会話しながらでもスルスル質問が出てくるようになる。相手はどこを深掘りしてほしいのかな?と考える余裕が出てきて、どんどん「喋らせる力」が上がっていくはず。いつも相手に興味を持ってね。それって礼儀でもあるよ。

これは仕事でも使える力。**人間関係はどこでも気持ちよく「喋らせれば勝ち」だよ**。

結婚したいな♡　愛してくれる人が現れたらいつでも準備ＯＫ♡
今28歳の私。
素敵な人がいればいつでもいいよ。

婚約者だった彼でも、彼じゃなくても。私はいつでも準備ＯＫ♡　結婚したい。

今は「この人と一生一緒がいい！」って人に出会えたら、結婚はいつでもいいと思えてる。私の理想とする家庭を築きたい。結婚すれば絶対幸せになれるとは思ってないけど、一緒に幸せになりたいパートナーが見つかったら、日本の法律的な結婚システムを一回体験してみたい。経験できることは全部やりたい性格だから、結婚にも興味がある。

結婚って、幸せに続くことも別れてしまうこともある。絶対に成功させたい！という気持ちは正直なくて、**結婚するも離婚するもそのときの私の気持ち次第でいいよ**。どうなってもそのときはそのとき。心配していても何にも始まらないし、「一生一緒♡」って思える人が出てきたら、そのときの私の気持ちを大事にして突き進みたいな。そのときの自分がしっかり決断してくれると私は私を信じているよ。

心に従って生きたいの。

将来が見えてくれれば結婚するし、楽しいけど見えないなら彼氏彼女のままでいるし、嫌になったら別れる。**重く捉えすぎると逆に判断を間違えて謎に耐えたりしちゃいそう**だから、私はこれくらいの感覚でいきたいな。

めっちゃ甘えて、
めっちゃ甘えられて、
ありのままに
喜怒哀楽を出せて、
何も計算せず
バカでいられる場所が
大好きな人の隣だったら
最高だなあ。

お姫様にしてくれる
王子様と
結婚したいなぁ♡
私は妥協しない、
私にとって完璧な人と
結婚したい。

必ず現れるけど！
なんとなく確信がある。
だって私「が」欲しがってるからね。

第3章　コンプレックス

今も未来も自分を好きでいたい

小4でファッションに目覚めた。ここから私の人生は「ファッションデザイナー」という夢に向かうことになる。

小学4年生の頃、姉に連れて行かれた名古屋の近鉄パッセ。東京でいう渋谷109みたいな場所で、私はファッションに目覚めた。なんてキラキラして心が躍らされる空間なんだろうって魅了されたんだ。それまでは母の買ってきた服を言われるがままに着ていた私が、いきなり。そのとき買ってもらったCECIL McBEEのピンクのカーディガンとキャミソールのセットは、レシートまで一緒にハンガーにかけて、部屋に飾った。**可愛いお洋服を持っていることが、自信になった。**そこからファッションに夢中になったんだ。

お小遣いやお年玉を全部ファッションに使うようになった。といっても、小学生のお小遣いじゃ欲しい服の量に追いつかない。両親は優しいけれど、甘やかすことはなくて、「これをしたらお小遣いをあげるよ」っていう条件を出してくれた。一番よくやったのが本を一冊読んで感想文を書くこと。何冊か読んで1000円もらう……というのを繰り返して、めちゃくちゃたくさんの本を読んだなぁ。

本の内容はすぐ忘れたけど、父はそれでいいんだって言ってた。作品に触れて、何か少しでも感じたことがあれば、それでいいって。私の実家はお寺。両親は、絵画や芸術が大好き。趣味は美術館巡りだ。母は音楽の先生をしていたこともあり、家にはグランドピアノがある。母のピアノを弾く音が聴こえてくるときは、癒やしの時間だった。父は昼は僧侶、夜は学校の教師をしながら絵を習っていた。父は油絵、母はパステル画が好きだ。知らない間に家の中が芸術であふれていたみたい。服が好きになるのは必然だったのかな？　当時は目の前にお小遣いをぶら下げられているから読んでいたけど、おかげで感性がさらに磨かれた気がする。

行間を読むこと。空白の美しさ。

「なんでそこまでわかったの⁉」って驚かれるほど人の気持ちを汲《く》み取ることが得意なのは、読書で鍛えられたのかも。本では情景や心情は一部分しか書かれていないから、その限られた情報で「この登場人物は、なんでこんなことしたんだろう？」って自分なりにいつも考えてたんだよね。

選ばれた言葉や書かれた文字の後ろにある背景を感じ取る。時には空白にさえ、何かの意味がある。**現実世界でも人の気持ちは一部分しか表に出ないじゃん？** ムカついたからってわざわざ口に出さないこともあるし、嫌だなって思っても無理やり笑顔を作ることだってある。「何を言ったか」だけじゃなくて「何を伝えたかったのか」を意識することで、相手の隠された気持ちにも気づけるようになった。想いの伝え方は何通りもあるんだ。

本を読んで終わりじゃなくて感想文まで書かされていたから、登場人物の気持ちに対して自分の考えを持つことが必要だったんだよね。いろんな状況の人の立場に立って考えたり、自分の思いを言葉にして伝えたりすることは簡単じゃなかったけど、今の活動ではその力が求められるから、いい経験だったなって思う。特に社長という立場になると、部下の気持ちを知ることはとても大切。部下がくれる言葉や文章には個性があふれているし、人それぞれの伝え方があるから、今でも学ぶことばかりだ。当時はお金をもらって服を買うための読書で、「すぐ忘れちゃうのに意味あるの?」なんて思うこともあった。実際に今でも覚えている本はとても少ないけれど、確実に私の体の中にはエッセンスが残ってる。**意味がないと思うようなことでも、いつどんなふうに役に立つかはわからない**。全然関係ないところで突然役に立つこともあるんだなぁって、しみじみ思うよ。両親の教育方針には感謝しています。

夢はファッションデザイナー。「こういう服が着たい」ファッションが生きがいになってすごい勢いでのめり込んでいった。

自分で選んだお洋服を着ると「この服めっちゃ可愛いでしょ！」って心が弾んで、学校に行くのもワクワクした。それまで全然見なかった鏡もよく見るようになった。そのうち**「この服、ここがもっとこうだったら可愛いのに」と思うようになった。**「このフリルはないほうが好きだな」とか、小さいことだけど、それが今の仕事につながることだったの。今思えば、これがデザイナーへの憧れの芽生え！　ジャージばっかり着てた私が、ものすごい勢いでファッションにのめりこんで込ったんだ。

ファッション雑誌を読むようになって、そこにはたくさんのお洋服があって、キラキラしていて、憧れの世界だった。その中に、モデルさんが「ブランドをプロデュースしました」みたいな記事があって。「こんな職業があるんだ！」って感動した。モデルさんとして雑誌に出られて、自分のお洋服まで作れるなんて、めちゃめちゃ素敵だなって。私もこれになりたい！と強く思った。今でもそのポップティーンという雑誌のことを忘れられない。益若《ますわか》つばさちゃんが表紙の号だったな。

小4のときに近鉄パッセに行ったことで、ファッションに夢中に。小6のときには、将来の夢を聞かれたら「ファッションデザイナー」って答えるようになった。そしていろんな道筋がある中で、一番リスクが少なくて早く叶えられる方法を当時の私が未熟ながら考えた。「SNSで知名度を上げてプロデュースブランドを立ち上げる」という目標ができ上がった。これだけ一気にのめり込んだ夢だから、今でも力を注げるのかもしれない。**この夢のためなら、なんだってできちゃったんだ。**

似合わない服なんてない。似合わせる。「私は絶対これを着たい」という一着をまず見つけて着たい服に挑んでいけばいい。

CECIL McBEEから始まって、甘め、カジュアル、スポーティー、モード、いろんなテイストを通った。年齢に合わせたり、「今日は舐められたくないから強めの服」なんて、その日の予定に合わせることもあった。そんな中で気づいたのは**「似合わないテイストなんてない！」**ってこと。「この服好きだけど、私には似合わないのかも……」って思っちゃうことあるよね。私は研究しまくったよ！　まずはネットで似た服のコーデを見たり、そのブランドのルックブックを読み込んだり。そのブランドのコンセプトを知ることも大切。知識をつけたら、店舗に行って、「着たい！」って思う一着を選んで、店員さんに聞く。「この服はどう合わせればいいですか？」って。

難しい服でも、頑張れば自分に似合うようにできる。私はメイク、髪型、髪色、体型まで変えることもあるよ。結局トータルコーディネートだよね。この前買ったデニムは少しキツかったけど、自分の理想通りに、着られるところまで痩せた。最高な状態で着てあげないと、お洋服が可哀想でしょ？だから、似合う似合わないなんて考えずに、まずは「これが着たい！」って気持ちを大事にしてる。「自分に似合う服は何かな？」って選ぶのも素敵だけど、それにとらわれて着たい服が着られないのって悲しいもん。自分の顔も、体型も、なんとかなる。似合わない服はない。絶対に着こなしてやるんだって気持ちで、研究していければ絶対に何でも似合う！

何でも似合うねって言われるけれど、似合わせてるの！　たまに失敗しちゃうときもあるけどね？（笑）

パーソナルカラーや骨格診断は自分を知るための良いツールだけど心がときめくお洋服を着ることを一番大切にしたい。

おしゃれに正解はないし、失敗の積み重ねでうまくなっていくもの。**変なコーデをしていても、自分が満足できるなら、それでいい**んだと思う。私にとって洋服は武器であり装備。鏡を見て、自信がついて、心が強くなればいい。何よりも心のときめきを大切にしてほしい。

自分が満足してるのに、他人にとやかく言う権利なんてない。

知識として、私のパーソナルカラーは「ブルベ夏」骨格は「ウェーブ」って知っている。おしゃれを極める最初の一手として、まず自分を知ることは大切だ思うから、パーソナルカラーや骨格診断を使うのはいいと思う。

でもさ、やっぱりこっちがいい！っていうのあるじゃん。そういう心のときめいたお洋服を見つけると、自分にとってかけがえのない一着になるし、ずーっと大切にできる。コーディネートが心配だったら、この人のセンス好きだなって思うショップ店員さんに聞いて、アドバイスをもらってみるのもいいよね。

「このお洋服が着たい」、その気持ちが一番大事。「私が好きだから着てる」って意思が、自分にある。それを確認できたことも大収穫だから。

あなたの可愛いって何？
「自分の可愛い」を見つけること。
新しいメイクや美容をどんどん試して
自分の視界に変化と学びを。

可愛い自分になるには、自分なりの「可愛い」を見つけ出すことが大切だと思ってる。人によって骨格や肌質は違うから、憧れの人と同じコスメやスキンケアを使っても、当たり前だけど同じにはなれない。垢抜《あか》けられるやり方も道筋も人それぞれだから、自分に合ったアイテムやメイク法を見つけて、試していくことが大切だと思う。

そして**その「可愛い」が永遠に続くことはほとんどない**んだよね。「これすごく可愛い！」と思っていても、1年後には似合わなくなってたり、飽きたりする。だから、新しい発見をどんどん重ねて変わっていって自分の視界を楽しませてあげる。今日はこのコスメを使ってみよう、今日はアイシャドウの塗り方を変えてみよう、そうやって自分のために毎日少しの変化をつけてあげる。ランキング上位のコスメを全部買ってみたり、InstagramやYouTubeで話題のメイクにチャレンジしてみたりね。時には美容クリニックに頼ったり人気のものには多くの人に支持される理由が絶対にある。手当たり次第にどんどん試していけば、「これだ!」というものにきっと出会えるはず。

「垢抜け」って、その時代のトレンドをつかめるかも大切だと思う。そういう意味でも、流行《はや》っているものを使ってみるのは近道になるはず。

あと、マストでやっておくといいのは、産毛を毎日ちゃんと剃《そ》る、スキンケアでお肌を綺麗に保つ、眉毛サロンで眉毛を整える。まつ毛パーマをしたり、爪を整えてみる。基本的なことができているかどうかで見た目の仕上がりは全く違うものになる。基本はしっかり押さえつつ、自分の「可愛い」が最大限になる美容法を日々更新していく。

ダイエットの秘訣は
いかにストレスを溜めずに続けるか。
続けられないのは失敗じゃないから
ルールを見直せば大丈夫。

好きな服を可愛く着るために、ダイエットする。きっと今、痩せたくて頑張っている人はいっぱいいるよね。ダイエットって、自分に合う方法を見つけるのが成功への近道だと思う。例えば私は美味《おい》しいものを食べることがもう大好きで、我慢するとストレスがすごく溜《た》まる。それなのに「サラダしか食べない！」ってルールにしちゃうと続かないよね。私は「何を食べてもいいけど○カロリーまで」と決めて、好きなものを食べるようにしたらダイエットが続くようになった。逆に量を食べたい人なら、カロリーを制限するより「サラダならいくらでも食べていい」のほうが続くかもしれない。食べた分だけ運動するのが向いている人もいる。だから、ダイエットが続かないときは落ち込むんじゃなくて、**何でダメだったか理由を考えて、「じゃあ、この方法ならどうだろう？」と次のルールを考えるのが私のやり方**。

ダイエットしてるっていうと「ちゃんと食べなよ」「健康に悪いよ」って言われることもあるじゃん。でも「ダイエット＝不健康」ではない。ダイエットは身体を調整して、体調を整えるものでもあると思う。**自分がなりたい体型になると心のストレスも減るし、食生活が見直されることで肌も綺麗になったりする**。私は私が思う美しい体型で生きたいの。身体が健康でも人生に満足できてなかったら、私は「生きてて幸せ〜」と思えないかもしれない。もちろん健康が大事ってことはわかってるけど、「長生き＝幸せ」なんて誰が決めたの？　自分がやりたいことを精一杯やって、早めに終わるならそれが私の寿命。それくらい割り切れるから、私は私のやりたいようにやらせていただきます。ていうか、心の健康が保たれていたほうが長生きできる気がするんだけど……!!!!!

整形がなかったら、私死んでたんじゃね？
このクソみたいな世の中で、闇を感じて生きていた頃。
整形をしたことで生きやすくなった。

美しければ生きやすくなる世界にまた絶望したけど
今ではその絶望も手放して、昔よりポジティブになった。

整形したことで、見た目への悪い執着から解放された気がする。

きっと、過去の私だって、
見た目〝だけ〟を見られていたわけではなかったんだ。
それに気づけたのは、整形のおかげ。

今では「私の魅力は見た目だけじゃない」と言い切れる。

整形総額3000万円以上。発言権が欲しかった。ブスだブスだと言われて自信がなくなって病んでたあの頃、みんなを黙らせるためだけに整形した。生きやすくなるために、顔を変えた。

可愛くなれば、話を聞いてもらえるようになる？　そう思ったのが整形をしたきっかけの一つだった。ブランドをプロデュースしているモデルさんは、みんな可愛い。日常生活でも、ちょっと可愛い子のほうが話を聞いてもらいやすい気がした。私は高校生の頃、ＳＮＳで結構有名だったし、読者モデルとしても活動できるようになったけれど、アンチからはいつもブスって言われていた。今思えば、どんな顔でも言われてたと思うけど、友達に見た目の悪口をネットに書かれ、彼氏から太ったと言われたことも、私の自信を失わせた。「ＳＮＳで知名度を上げてプロデュースブランドを立ち上げる」この道は、可愛くなければ叶わないのだ、と客観的に自分を見て思った。舐められやすい見た目だから、誹謗《ひぼう》中傷してくるんだ。圧倒的可愛さがあれば黙るのか？　**あいつらがブスと言えない顔になってやる**。ブランドプロデュースの道は諦めて、SNSを全て消した私。私の自信を奪った人達への復讐《ふくしゅう》心と、発言権が欲しい、生きやすくなりたいという思いから整形を決意した。

最初の整形は二重の埋没法。自分のことが大事に思えなかったから、リスクなんて、全く考えなかった。整形して命を落とすならそれでもいい。死んだらそれは私の運命だし、何もしないよりマシだ。苦しみから抜け出すには可愛くなるしかないと思ってた。**生きやすくなるための、対策としての整形**。こういう顔になりたい！というビジョンもなかった。「マシに見える二重にしてください」「人気のやつにしてください」って感じだった。

しんどい日々の中で、なんとか生き残るための整形。ポジティブなものではなかったかもしれないけど、私に生きる希望をくれたんだ。ただ、当時は整形したことなんて、とても人に言えるような世の中じゃなかった。

麻酔が効いてきた中で、わずかな意識があった。

怖い。

死に直面していると体が訴えてくる。

その瞬間、何を思い、誰を求める?

きっとそれが、私の本心だ。

私にはいつもこんな言葉が浮かび上がってくる。

「これで死ぬなら、それが寿命だ」

「これで生きるのなら、まだ使命があるということだから生きよう」

そして大切な人の顔が浮かび、
「愛してる、まだあなたと生きたい」と思う頃に
麻酔が効いてきて、眠るんだ。

私の体は〝まだ生きたい〟と叫んでいるみたい。

整形は悪なの？　そう思わないから公表する。否定する人もいるけど、整形してきた人生も幸せだよ。生きやすくなった。整形は魔法じゃなくて、ただのツールだ。

復讐心から、生きるか死ぬかみたいな気持ちで整形を始めた私だけど、今はワクワクしながら顔をアップデートさせている。だって、顔が変わっても、私は変わっていないってことに気づいたから。それに、なりたい顔に少しでも近づけるのって素敵なことだと私は思う。私の顔は他の誰のものでもないもん。

整形は悪いことじゃない。だから私は公表する。

自分の症例を見せるのは、容姿に悩んでいる人の役に立ちたいから。隠すのもだるいから。私が整形をし始めたときは、今よりもっと整形というワードへの風当たりが強かった。でも、とあるYouTuberの女の子が整形を公表してるのを見て、それに助けられたし、すごく感謝してる。だから私も公表して、少しでも誰かの力になれたらいいなと思ってるんだ。そして、隠すことではないとも思えた。だって、何も悪いことしてないじゃん？否定的な意見はたくさんあるけどさ、私は自信が持てて生きやすくなって、今幸せだよ。なのに私を「整形している」だけで否定してくる人は、正直よくわからない。それこそ顔しか見てないじゃん。「可愛くないと幸せになれない」という私の苦しみを生み出したのは、そういう人達じゃないの？

整形は魔法じゃない。絶対に幸せになれるものでもない。リスクもあるけど、変化を求めて踏み出したんだから、それは代償でしょ？

整形は、自分次第では心も変えられるかもしれないツール。ダイエットやメイクと同じ。もしするなら変化を楽しんで、「また可愛くなった♡」ってHAPPYな整形をしてほしいな。自分がポジティブになれるならいいよね。

中途半端な気持ちで整形するな。迷っているならまだやるべきときじゃない。リスク、デメリット、ダウンタイムは本気じゃなきゃ乗り越えられない。

「整形するかしないか迷ってる」。そんな悩みを抱えてこのページを開いてくれた人もいるんじゃないかな。そんな人達に私は伝えたい。

迷っているならしなくていいと思うよ。

自分が「誰が何と言っても整形する！」と思えないんだったら、整形の道は厳しいものになると思う。大きな整形だと顔面麻痺《まひ》や、最悪命を落とす可能性もある。迷いを抱えたまま、リスクに立ち向かえますか？

悔しいけど、手術が成功しても「整形してる」と好奇の目で見てくる人は絶対に出てくるから、その環境で苦しむことになるかもしれない。何回整形しても自分が納得する可愛さにならなくて、もっと絶望する可能性だってある。ダウンタイムもすごく辛いよ。普通のご飯は食べられないし、会話もできないし、強い意志がないと乗り越えられない辛さだよ。整形後の顔だけ見て「簡単に顔を可愛くできていいな〜」って思う人もいるけど、マジでキツいから。結果だけ見てたらわからないことがたくさんある。**手軽になりたい顔になれる、というものでは決してない**。

大きなメリットがある代わりに、リスクもデメリットもある。でも私の場合はメリットのほうが大きくて**「何があっても絶対後悔しない」って言い切れるからやる**。そこまでの決意ができないなら、今はまだ整形するときじゃないと思う。ここまでの全てのリスクを聞いても「いや！　私は整形する！」と言い切れる人は、整形しても後悔しないんじゃないかな。

整形に限らずだけど、自分の意志で決めたことなら、どんな言葉にも屈せずに突っ走れるはずだよ。

人の見た目について
いろいろ言ってくる
人って何様？
すごく暇だろうし、
自信ないんだね。

私は私の顔しか見ていません。

だって自分のことで忙しいので。

摂食障害の過去。拒食症で痩せたのに周りの態度はいいほうに変わった。食べても痩せたままでいるために過食嘔吐はやめられなかった。

ダイエットして綺麗になりたい！という気持ちは素敵なもの。でも、そのダイエットの先には「摂食障害」があるかもしれないと知っていてほしい。私は拒食症にも、過食症、過食嘔吐《おうと》にもなったことがある。知られていないだけで、たくさんの女性が悩んでることだと思うよ。

今は前みたいに吐くことはなくなったけど、完全に治ったと言えるかはわからない。**摂食障害はずっと付き合っていく病気なんだろうなと思う**。

私が最初に摂食障害になったのは中学3年生の頃。拒食症だった。当時大好きだった彼氏に「太り過ぎ」と言われたのがきっかけ。そのときの私は1

155㎝で50㎏。その元彼は「155㎝なら40㎏ないほうがいいでしょ！」って言ってきた。今考えると知識なさすぎだよね。さらに追い打ちをかけるように、当時の友達が裏ブログで私のことを「かぼちゃ」と呼んでいたことも同じ時期に発覚した。そこから一気に何も食べられなくなった。1日卵1個、味噌《みそ》汁1杯。周りの人は心配して「ちゃんと食べなよ」と言ってくれたけど、「私を太らせようとしてる！」と敵視して、言うことを聞けなかった。家族も敵に見えた。数カ月で体重は38㎏まで落ちた。生理も止まった。

病気で痩せてしまったのに、みんな私のことを可愛いと言ってくれるようになった。みんな私の話を聞いてくれるようになった。**「痩せたらこんなに周りの人の態度が変わるんだ」**。そう感じたら、人間って怖いなって感じて、また絶望。そしてますます体重のことが気になるようになった。

その後、拒食の限界が来て、我慢できずに食べ始めたら止まらなくなり、過食症へ。食べるともちろん太る。そうなると次は、吐くことを覚えた。

吐いちゃいけない環境がストレスで余計に吐いてしまっていた。「いつか治ればいいや」と今の自分を許すことが結果的に症状の緩和につながった。

できることなら吐きたくない。でも、「吐いちゃダメだ」と思うことがストレスになり、余計に吐いてしまう。その最悪のループがずっと続いてた。**私の過食嘔吐がマシになったのは、一人暮らしを始めてから**。専門学校4年生のときに親に頼み込んで一人暮らしを始めたら、頻度が減った。家族を悲しませるから治さなきゃ、でも吐かずにはいられない、吐いてるところを家族に見られてはいけない……。そんなプレッシャーがなくなったからだと思う。

隠れて吐く必要がなくなって、過食嘔吐は私だけの問題になった。「いつか治ればいいや」「治すのが無理ならうまく付き合っていこう」って思えるようになって、マシになった。**吐く自分を許せたら、逆に症状を緩和させられたんだ。**ゆっくりと吐く回数が減って、YouTubeを始めた頃には治っていた。

過食嘔吐は病気。意志が弱いとかじゃない。昔の私みたいに自分を責めている人達は、プレッシャーを感じないでほしい。ゆっくりでいいんだよ。摂食障害になる人が減ったらいいなとは思う。自分に合った、不健康じゃない生活を見つけてほしいな。

今、摂食障害の子は、うまく付き合っていけるようにしよう。あなたは悪くない。この世界でたった一人の自分を責めないで、大切にしてあげてほしい。この世の中があなたをそうさせたの。ゆっくり、いつか治りますようにって焦らずにいこうね。

私はあなたの気持ちが痛いほどわかるよ。

最後に残るのは中身。見た目はカスタムできる人生の楽しみ。本当の美しさ、綺麗さ、魅力は自分の軸を持って内面を磨くことでしか得られない。

私の場合、表舞台に立つ仕事だから、顔の美しさで対応を変える人間がうじゃうじゃいる。ひどい言葉は極力聞きたくないし、美しいだけで話を聞いてくれる可能性が増えるなら、そうあってみようと思った。見た目を美しく保つことが加点になるなら、努力したほうが自分のためだった。

見た目は確かに大切。礼儀だし、残酷だけどさ、人は綺麗なものが好きだから。私も男女問わず、造形的に綺麗だなと思うことはもちろんある。

ただ、人の魅力は絶対に見た目だけじゃない。もし、美しさを測れる指標があるなら、**私より綺麗な人は世の中に多くいるけれど、私にしかないもの**

が絶対にあると言える。あなたもそう。私達には唯一無二の魅力が絶対あるの。そして人にはそれぞれタイプがあるから、全員が好む顔ってないんだよ。「この人可愛い！」という第一印象になるのは、顔は私のタイプの人がいいけど、喋っていて楽しくて、礼儀正しくて、愛嬌《あいきょう》のある人。人柄って整形でもメイクでも作れないよね。見た目を可愛くしても、中身がついてくるわけじゃない。「この人と一緒にいたい」と思ってもらうには、内面を磨かなきゃ。そのためには、「どういう人間でいたいか」を明確にすること。こういう人間でいたいっていう軸があれば、いつだってまた魅力を発揮できるはず。意味なく気持ちが萎えそうな日も、目標や軸があると踏ん張れたりもする。

私の軸は綺麗な大人でいること。見た目だけじゃなくて、人として。自分の言動に責任が持てる、自分に嘘《うそ》をつかない人間でありたい。

美しさって、結局は内側の話なんだよね。出会ったときの印象には見た目も影響するかもしれない。でもさ、誰かに心底惚れ込むときは、絶対見た目だけじゃないし、その人という人間そのものを好きになるじゃん？

その業界では美が評価されがちでもそれが全世界の価値観じゃないし、気遣いや人間力で№1の人もたくさんいる。だから見た目を気にしすぎないで。

夜職や芸能みたいに見た目が重視される世界があることも事実だよね。「お金を出したいもの＝美しさ」の世界に飛び込むなら、それは需要と供給の話で、ある程度は覚悟を決めるしかないのかなって気がする。

ただ、「その世界では見た目の美しさが重視されるだけ」ということは覚えていてほしい。**見た目だけで自分の価値が決まるわけじゃない**。そんなことわかっていても、見た目重視の世界にいると、心が腐りそうになる。私も一度腐りそうになったことがある。けど、周りに飲み込まれず自分を持ち続けることを忘れないでほしい。

顔だけで駆け抜ける人も存在するけれど、気遣いや人間力、愛嬌でNo.1をとった人はたくさんいる。例えば夜職で、顔が可愛いと思って指名しても全然癒やされなかったら、二度と来てくれないお客さんも多いと思うんだ。だから、見た目重視の世界だって、最後は中身。人柄が大切なんだと思うな。

性格良い・悪いとかじゃなくて、興味深くて濃い中身があるってことね。

顔が可愛ければ楽しい人生を送れると希望を持って努力するのは、素敵なこと。でもそれが全てだと思って追い詰められないでほしいな。

それに、可愛いってそれぞれだから。

外見重視の世界にいると、腐りそうになる。腐ったほうが楽？ わかるよ。痛いほどよくわかるけど、絶対に腐るな。周りに飲み込まれるな。自分を持って、「私は美しい」と胸を張って言える人間でいて欲しい。

自分を絶対に落とすな。希望を捨てるな。死んだ目になるな。

昔の自分を否定し続けていたから
生きるのが大変だったのかもしれない。
昔の自分を客観的に見つめて
褒めてあげられるように努力した。

「小さな頃のあなたが泣いてるよ」

これは、私が自分のことを愛せるきっかけになった言葉。自分を愛せなかったときの私は、昔の自分のことを「ブスだったのに何であんなに元気に生きてたのかな？」って否定してた。過去をないものとして、昔の大野茜里を殺していた。でもある日、何気なく占いに行ったときに「昔の自分が嫌い？」って占い師さんに聞かれて、「嫌いです」って答えたんだ。そしたらね、占い師さんがこう言ってくれたの。**「あなたが認めてあげないなら、誰が昔のあなたを可愛いと言ってあげるの？」**

昔の自分を受け入れてあげたら、

楽に生きられますよ。小さなあなたが泣いていています」って。

わんわん泣いちゃった。占いの当たりハズレとか関係なしに、私にとって素敵な助言だった。幼い頃の私は、素直で元気で、自信を持って、自分らしく生きてた。でも、中学や高校で周りからの声に傷ついて、周りの価値観が正しいと思い込んで、自分で自分を封じ込めて、否定していた。でも、私が本当に悪い子だったか？　私だけは、自分のことを可愛いと褒めてあげなきゃダメだったんだ。そう思えた瞬間、全てが救われた気分になった。小さな私が、可哀想で抱きしめてあげたくなった。小さな私に声をかけたい。「素直で純粋でまっすぐな茜里ちゃん、何も間違いじゃなかったよ。私が守ってあげる」って抱きしめるんだ。私があなたを守り抜くよ。

昔の自分も今の自分も大好き。今ではそう言えるようになった。昔の自分を愛する努力をしたよ。**昔の自分を赤の他人のつもりで見つめてみると、頑張ってたなぁと認められた**。自分に厳しすぎたのかもしれない。他人だと思って客観的に見ると「全然大丈夫じゃん！」と受け入れられたんだ。

私の人生は、私しか味わっていない。
私の思いは、私しか知らない。

苦しみも悲しみも痛みも、そして最高な幸せも私しか知らない。
だから、一番褒めて認めてあげられるのは自分自身。

昔の自分を、否定して責めるんじゃなくて
良いところも悪いところも愛して、守ってあげる。
昔の自分を愛せるようになったら、今の自分ももっと愛せる。

優しい私でいたい。
ねえ、あなたはどんな大人でいたい？

ねえ、あなたはどうなりたい？

どんな見た目の私も、いろいろ苦しんでる私も、
人間らしくて可愛くって愛しくって大好き。

「こういう大人でいたい」
で生きて、
自信を持って
最期を迎えようよ。

第4章　夢・将来

好きなことを仕事に

欲しいものは全て手に入れる。夢のためなら何でもやる。やりたいことのためなら関係ないことでも努力できる。

中学生・高校生の頃は、欲しいものを親におねだりすると、「テストで○位になったらいいよ」という条件を出されてた。最高に頑張って手に入れたのは、高校の選択権。両親は、いい学校に行っていい会社に就職してほしいって考えを持ってた。でも私はデザイナーを目指したいし、そのために読モもやりたかったから、夢を叶えやすい高校に行きたくて……。頑張って交渉したら「内申点35点以上、テストで学年10位以内になれたらいいよ」という条件を出してもらった。勉強は好きじゃなかったけど、親から出された条件はクリアして、行きたい高校も自分で選ばせてもらえたよ。

学生の頃に「**頑張れば達成できて、欲しいものが手に入る**」って**成功体験をいっぱいしてきた**。昔も今も、目標のためなら何でも頑張れるのは、この成功体験の積み重ねだったのかも。だから無理そうなチャレンジにだって「絶対やれる！」と突き進んでいけるんだろうな。

私は「これがやりたい！」っていう自分の直感を大切にしてる。だから、その「やりたいこと」を実現させるためにはどうすればいいかって考えるの。人を巻き込まないと実現できないようなことだったら、「そのために何をしたらいいですか？」って直接聞いたりもするし、泥臭くて無茶苦茶なときもあるよ（笑）。

でも、どんな努力もいとわないし、実現したあとには周りを驚かせるような結果を出してきた。だからかな、最近は私が「やりたい！」って思ったことを信じて、力を貸してくれる人が増えた気がする。

ネットの情報や噂のせいで東京のアパレル内定が取り消しに。誰も雇ってくれないと思ったから自分で会社を立ち上げた。

高校生のときにSNSをやめてからは、「SNSで知名度を上げてプロデュースブランドを立ち上げる」道ではなく、「専門学校から企業にデザイナーとして就職する」道で夢を叶えようと思っていた。専門学校では3年間勉強しまくった。そこでは、成績がいい人の意見をみんな聞く。

「私の意見を聞いてもらう方法は、見た目と成績か」そう思って整形を繰り返し、毎日2時間睡眠で課題に追われ、がむしゃらに3年間を過ごした。SNS活動はせず、記憶がないくらい本気でファッションを学んだ。

就活が始まると、トップクラスで成績が良かった私を担任が東京のアパレル会社に推薦してくれ、クラスで一番に内定をもらえた。家族は大喜びで、努力が報われた気がした……だけど突然、内定取り消しの連絡が来た。

私の名前をネットで調べると、物議を醸すような過去がたくさん出てくる。それが内定取り消しの理由だった。私が専門学校で頑張った3年間は、認めてもらえないんだ。ふざけんじゃねえ。〝今の私〟を見ろよ。悔しい。悔しい。悔しい。私はただ服を作りたいだけ。表に立ちたいとかじゃねえ。内定取り消しの理由を告げられたあと、一人、悔しくて涙があふれたことを今も忘れない。本当に孤独で、自分自身を憎んだし、可哀想な人間だと思った。〝大野茜里〟で生きることに絶望した。内定取り消しは、家族では母以外には言わなかった。母は何も言わずに私のそばにいてくれた。

誰も受け入れてくれないなら、自分で道を作ってやる。

今思い返せば、このとき私の未来が変わった。この出来事がなかったら私はどこかの会社で働いていて、こうやって本を書くこともなかったかもしれないね。**自分の過去を踏み台にして、今の私を輝かせる**ことができたんだ。

「ついていくよ」と言ってくれた友達とブランドを立ち上げることが夢になった。お金も知識も人脈もなかったけど必ずどうにかすると決意した。

「内定取り消しなったわ」専門学校で同じクラスの友達の一人にそう伝えた。授業で一緒にオリジナルブランドの服を作っていた子で、就活中も二人で楽しく趣味で服作りをしてた。その子は「行きたい企業がない」と就活に悩んでいて、私のブランドの立ち上げの構想を話すと、「ついていくよ」と言ってくれた。言ってくれると思っていた。死ぬほど嬉しかったんだ。だから、**その友達とブランドを立ち上げることが、私の夢になった。**

でも私にはお金も知識も人脈も何もない。何をすればいいのかわからなかったけど、お金が必要なことだけはわかった。だから友達には「少し待ってて、必ずどうにかする」と言って、資金集めを始めた。友達には一円も払わせたくない。一緒に歩むことを決めてくれた友達に「この子と一緒に挑戦してよかった」と思ってもらいたい。私に賭けた彼女を勝たせたい。そう思ったんだ。当時、専門学校生の私にとってはとんでもない金額。

「とりあえず、えげつねえくらい資金を貯《た》めよう」

どうやったら一人で稼げるのかなんて想像もつかなかったけど、頑張らないって選択肢は私になかった。

若くして大金を稼ぐには……？　**「女を売って稼いでやる」**。**女・若さ・体を武器にして大金を稼ぐって決めた**。内定取り消しからこんな展開になるなんて、想像してなかったな。ちなみに、その友達とは今でも一緒にRiuを作ってるよ。私の右腕、今では〝相棒〟と呼んでいる。「あのときの大野さんは爆弾だった」と今になって言われたよ（笑）。爆弾と一緒にいることを選んでくれて、本当にありがとうね。

お金を理由に夢を諦めるなんて私にはできなかった。ボロボロになってでもお金を貯めてやると全ての時間とメンタルを夢に捧げた。

でも当時は、服を作るお金や生活費がなかった。専門学校まで出してもらったし、心配もかけたくないから、絶対に親には頼りたくなかった。内定取り消しを知っているのは母だけだ。絶対親に迷惑をかけたくなかったし、特に父に知られたら、心配で死んでしまうんじゃないかと思ったから、実家を出ると決めた。服を作るための材料費やミシンなどの設備費、一人暮らしの月々の支払い、自分の身なりを整えるためのお金……。**お金がないって理由で、夢を諦めるのは死んでも嫌**。夢を叶えなきゃ私をバカにした人達の前に立てないし、生きていられない。親に顔を見せることもできない。あのときそばにいてくれた母に、自慢の娘だと思ってほしい。安心してほしい。**夢を叶えることが唯一の生きる希望だった。夢を叶えなければいけないんだ。**

「そんな大金貯められない、無理！」って諦められる夢じゃない。たとえボロボロになっても、1000万円でも2000万円でも貯めてやる。いいさ。やってやろうじゃん。女を武器にして稼いでやる。

会社を立ち上げるまでの数カ月間、私は心を殺しながらお金を貯めた。効率よく、早く貯められる方法はそれ以外に思い浮かばなかった。もちろん税金もしっかり払いながらね。今思えば「ようやってたな（笑）」と思うけど、当時はメラメラ燃えてた。失うものがなかったことも、頑張れた理由の一つかもしれない。心は死んでたけど、あのときの私は夢にしがみついていたの。こんな思いするのは私だけでいい。私にはこれ以上、失うものなど何もない。

お金を稼ぎつつ、休憩や睡眠時間は取らずに、大好きな服作りに没頭した。寝不足で意識不明になることなんてザラだし、遊ぶ時間はゼロ。自分の全ての時間を会社設立の資金集めに捧げて、無我夢中でお金を貯めてた。

みんな生きるのに必死だよ。何がダメなの？頑張ることをバカにする人にはなりたくない。夢のためならなりふり構わず努力できる自分を誇れるよ。

夢を諦めたくない。心と身体をボロボロにしたって、女を武器にしたって、お金を稼げるなら構わない。あのとき、私はそう思ってた。だって、**そこまでしても手に入れたい夢。だから夢なんだ。**

稼ぎ方について他の人に何を言われても、**お前のために生きてないし、うっせえよって感じ。あなたが思い描く「正しい生き方」では、私は幸せになれませんって言ってやりたかった。お前の常識は私の常識じゃねえ。**

私にとって一番幸せなことは服を作ること。それに向かって全力で頑張らないなんて、全然幸せじゃないもん。やりたいことのために頑張るのを否定する人達って、まじで理解不能っす。まあ、やり方のネジは飛んでいたと思うけど、この世の中で若くして大金を稼ぐ方法なんて限られてくるよね。現実を理解した上での行動です。

みんなも親や友達に、やりたいことを止められたり、やりたいことのために努力していることを否定される経験があったかもしれない。必死に頑張ることを心配してくれる人がいるのは、ありがたいなって思う。だけど、**その人達のアドバイスを振り切ってでも、自分の想いに従って突っ走ったほうが幸せに近づくことだってある**と思うよ。私はあのとき、自分の夢や想いに正直になれたことを誇れる。

もし失敗したとしても、それを笑い話にしちゃえばいいじゃん。他にも、自分を幸せにできる方法は絶対見つけられるからさ。今だから言えるけど、ブランドを立ち上げたばかりの頃は全然お金がなかった。きっとお客様はキラキラした人からお洋服を買うほうがテンション上がるだろうから出さないようにしてたけど、本当に資金繰りが苦しかった。なんとかお金は工面して、お洋服作りをスタートすることはできた。でも最初は赤字。**私の貯金はゼロで、その日暮らしの生活**。

洋服を作りたくても、工場のあてがない。モデル探し、スタジオの手配、商品の撮影、商品の梱包、販売サイト制作、段ボールのデザイン、全部自分。手間もかかるし、売上よりも原価のほうが高くて、赤字。でも作って売り続けた。

「全ての責任は私にあるから私が頑張らなくちゃ」と自分を追い込んで、自己流の泥臭いやり方で突き進んできた。これが夢と服とお客様に対して、あのときの私にできる唯一の愛情表現だったし、どんな状況でも誠心誠意服を作った。

私が作るお洋服に嘘はない。魂と愛を込めてお客様に届けたい。今でも同じ気持ちで服を作ってます。

起業して1年半くらいは赤字だったかな。あんまり覚えてないし、今でも数字を詳しく見てない。初年度は大赤字、1年目で利益が出て、2年目で安心できるくらい軌道に乗った気がする。4年目にやっと、東京に出てこられたんだ。

夢を叶えるためなら何でもできた。今思い出しても涙が出るような苦しい時期も諦めずに未来に賭けた私が、私に勝ったんだ。

当時の私は、女を売るのが一番稼げるし楽だと感じていた。麻痺ってるね(笑)。目の前でバカみたいに腰振ってる男が私に「愛してる」って言ってくるときも、私が考えているのは夢とお金のことだけだった。ただお金を頂ければいい。お金を、お金をください。そのためなら私の体くらいお前らにくれてやる。全て私の夢のためだ。あははは。はははははは。クソみたいな世の中だ。そこに愛なんてない。私は商品だ。この世の中に、大人に、男性に、絶望するわ。

時々心のスイッチが切れるときがあって、タクシーの中や道端で、突然泣き崩れる。**当時は誰にも頼ったりできないから愛犬のシャルムにしか弱音を吐けなかった。**家でシャルムにこう言うんだ。

「汚いね、私、汚いよね。ママは綺麗な人間？　ママを、許してくれる？」


未来への不安に襲われて、自分という存在が汚く感じて嫌悪感を抱いて、目が腫れるくらいまで夜通し泣いたこともある。でも、腐りそうになっても、私は諦められなかった。私の心は汚くない、綺麗なんだ、私が大切にするものは何一つ汚れていないって、ずっと自分を信じ続けた。

このときを思い出すと、今書いていても涙が何度でも出るし、吐き気がする。自分では気づいていないぐらい、私の心は燃えていてしんどかったみたい。あのときは女性として、人間としての尊厳が壊されていたのだから。

美化したいんじゃない。真似しろとも思わない。でもドン底を見た経験は私のためになっているし、まぎれもなく、今を作った一つの現実だ。

どんなに苦しくても、未来に賭け続けた私の勝ちだ。

才能なんてない。
知識もなかった。

R

だから私は、
人よりも
時間とエネルギーを
たくさん使うことで
夢への道を
切り拓くしかなかった。

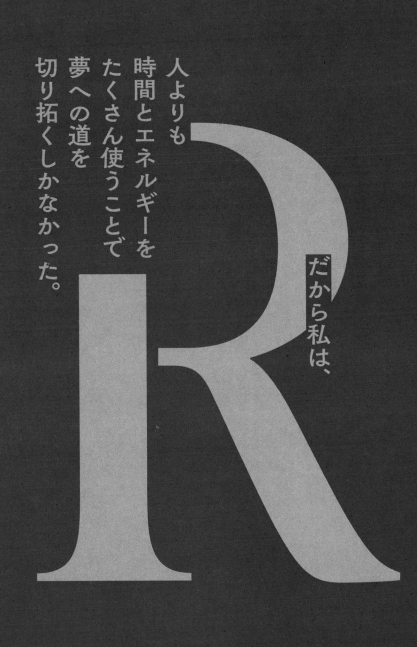

お金を稼ぐ中で出会った経営者達からたくさんのヒントをつかんだ。「お金を払う、稼ぐ」の基本も学べた気がする。

女を売る仕事も、起業の役に立った。お金の面だけじゃなく、知識も。お客様は疑似恋愛を楽しみたくて会っているから、仕事の話ばかりってわけにはいかなかったけど、いろいろなタイプの社長と出会えて、経営の話を聞くことができた。

経営者の人との雑談の中からたくさんのことを学んだよ。「この人の会社はこういう感じなんだ」「こういう指導の仕方なんだ」って少しずつ学んでいった感じ。経営者の息抜きの遊びってこういう感じか、とか。

質問しなくてもわかることはたくさんある。マインド、身だしなみ、マナー、自分の見せ方、他人のどこを見ているのか、どういう相手ならお金を出してもいいと思うか。経営者同士としてお付き合いしなくても、たくさん勉強させてもらえた。普通に生きてたら知れないことまで学べたと思ってる。

自分を売るお仕事って商品は自分。自分の見た目や世間の相場を客観的に見て、お客様に満足してもらうためにはどうすべきか。リピーター獲得のために、いろいろなことを考えた。**これって、どんなお仕事でも必要なこと**。

私は、お金をいただいてるのだから相手を絶対喜ばせるって決めてた。「あれもこれもNG」と言ってたら、お客様も楽しめない。いただいた金額より少し上のサービスをして、また会いたいなと思ってもらう。お金を「払う・稼ぐ」の基本になる考え方も学べたよ。知識を得る方法っていろいろあるね。私は目的があってやっていたから自分を殺していたけれど、今ではいい経験だったなと思えるよ。世の中でいう普通ではない。でも、この手段がなかったら私は最短で夢を叶えられなかった。

私を見つけて。自分のブランドを見つけてもらう道筋を作るためYouTuberへ。インフルエンサーさんに頼むより自分がインフルエンサーになるほうが早い！

とにかくまずブランドを知ってもらわなきゃ始まらない。Ｒｉｕってブランドを始める前に、会社を立ち上げてすぐは海外の商品を販売するセレクトショップをしてお金を貯めた時期があるの。そのとき、インフルエンサーにお金を払って、案件としてそのお店のアカウントをＰＲしてもらった。ここで公式インスタのフォロワーを土台として増やしておいた。

ある程度お金が貯まってから、そのアカウントをＲｉｕ名義に変えた。そこから悩んだ。私達がオリジナルで作るＲｉｕの洋服は、お金を出してインフルエンサーに着てもらうのは違うなと思ったの。本当にＲｉｕのお洋服が好きな人に着てもらいたい。だから、自分でインスタを頑張って運用してみたけど、タグ付けしあえる知り合いがいないと、新規の人に見てもらえる可能性は低くて、拡散力がないと感じた。それでもインスタはブランドとしてマストだったから続けて、Twitter（現X）も頑張った。でも、まだ拡散力が少ない。そこで**「自分がYouTubeでインフルエンサーになって、自分のブランドをPRする」ってことを思いついた。**現実的で効果もありそうだし、お金もかからない。じゃあ、やってみるか！とYouTubeチャンネルを開設した。

当時は私みたいな見た目で炎上経験があって、闇も泥臭さも赤裸々に見せられる女性YouTuberはいなかったから、いける自信しかなかった。私が新しい道を切り拓いてやると思った。表に出ると誹謗中傷がくることもわかってたし、怖さもあった。でも覚悟を決めたんだ。やみくもにいろいろやってたわけじゃないよ。努力の方向性は間違えない、できるだけ勝率の上がるほうへ、って考えてたんだ。

自然な戦略。YouTubeで出てきた動画を観て私のことを知ってもらって、最終ゴールとしてブランドのサイトにアクセスしてもらう。

ずっと見守っていてくれたファン。かつて私のことを好きだった人。「昔炎上してたやつがまたなんか戻ってきた」と興味本位で見に来る人。少しエロいサムネに興味がわいた人。どんな人でもいいからYouTubeの動画を視聴してもらいたかった。とにかくたくさんの人に観てもらうためにブランドの話ばかりじゃ限界がある気がしたから、まずは自分のことを発信。

動画で私を知ってもらって、ブランドは本当に欲しい人が必ず辿《たど》り着くからその後でいい。そう思って、流行りのルーティーンやルームツアー、当時やっている人が少なかったランジェリー姿での動画を投稿した。特にランジエリー動画は「ここで勝負！」と思ってアップしたのを覚えてる。昔からのフォロワーがいたこと、流行りのタイミングに乗れたこともあって、YouTubeはまずまずのペースで伸びた。今、２０２４年に同じやり方をしても、あのときほどは伸びないと思うけどね。

Twitterも女子が共感してくれそうな恋愛や整形の話、病んでるときの話をツイートして、YouTubeやインスタに飛んでくれる人を集めた。全て嘘ではないけど、戦略も少しはあるよ。結果、今こうやって本を書かせていただけて、YouTubeは成功の選択だったのではないかなと思っています。

とは言っても強制はしたくないからさ、YouTubeで私が生活の中でＲｉｕを着ているのを見て、本当に欲しいと思った方に買っていただけたらなっていう感じかな。それが自分らしい宣伝の仕方だなと思ってるよ。

究極、たくさんの方に売れなくてもいいの。私達が発信したいお洋服を販売できて、好みが合えばいかがですか？♡って気持ちだから。

スタッフへの愛。いつかは挑戦するつもりだった東京。現実になったきっかけは信頼していたスタッフの一言。きっとあれは運命の「お知らせ」だった。

会社をスタートさせたのは愛知。でも、いつか東京にチャレンジしたい、チャレンジしなきゃと思ってた。日本のトレンドを発信しているのはやっぱり東京で、そこで成果を出さなくちゃ認められた気にならないなって。

当時は登録者20万人くらい。YouTubeの案件で東京に行くことが増えてきて、「そろそろ私も会社も東京に行こうかな〜」と思っていたタイミングで、信頼していたスタッフが「事情で東京に行かなきゃいけない。この会社は東京に進出する予定はありますか？　この会社が好きなのでやめたくないけど、東京に移らないならやめざるを得ません」と言ってくれたの。

そのときに、私の中の上京が「いつか」から現実になったんだ。私はスタッフ大好きだからさ、絶対やめてほしくなくて。

「絶対に1年後に行く。1年間ください。だからそれまで待っててほしい」と答えて、スタッフが東京で暮らせるお給料や引っ越し代を出せるように環境を整えたり、東京での人脈づくりに力を注いだり、準備を進めた。そして愛知からスタッフ全員を連れて東京に来たんだ。私を信じて東京についてきてくれたスタッフ、カッコよすぎる。今も一緒に働いてくれてるよ。

今思えば、タイミングがぴったりだった。すごいよね。あのときスタッフが東京に行くか?と聞いてくれなかったら、もっと遅れていたかも。**「今だ!」という時期って、きっと巡り合わせが教えてくれるんだと思う。**その「お知らせ」に気づいて全力で乗っかったことが、私の人生を進めてくれた。

挑戦できたのは、愛知という安心できるホームがあることも理由の一つ。ダメだったら帰ってくればいい。いつだって戻れる。そう思えてた。

次の目標は店舗を持つこと。あまり遠くない未来に、叶えてみせるよ。

夢がなくてもいいじゃん。夢は自分が幸せになるただの手段。仕事でも好きな人でも趣味でも幸せをくれるものがあればOK。

夢だ夢だって連呼しちゃってるけど、ないと困るものでもないよねとも思ってる。私はたまたま見つけて、どうしてもやりたくて必死にここまで来たけど、「夢がないからダメだ」みたいなことではないと思う。「夢が見つからない」というお悩みをよくいただくけど、別になくてよくない？　夢を見つけることが夢、で夢ができちゃうしね。

夢って、究極のことを言うと「自分が幸せでいる手段」だと思うんだよね。それが私の場合は「デザイナーになること」だっただけで。仕事じゃないところで見つかるかもしれなくて、誰かを幸せにすることかもしれないし、趣味のゲームを極めることかもしれない。あまり興味のない仕事をしてお金を稼ぐのは、大好きな人と幸せに過ごすため……ってこともあるし、それは素敵じゃない？　恋愛を捨てて仕事に生きるのと同じ仕組みだよね。

私は小4のときにファッションに出合えていなくても、アパレルの道を目指さなくても、きっと今の28歳を幸せに生きていると思う。嫌いな仕事、やりたくない仕事をしてても、他に「これが幸せ」っていうことを見つけて生きてるはず。アパレルとかYouTuberとか、キラキラして見えるかもしれないけど、意外とそんなことないし、地道だし。どっちも**「これが私の夢だ！」とその世界に入っても、辛くてやめちゃう人もいっぱいいる。**

だから「夢＝絶対将来やりたい仕事」が見つからなくても、悩む必要ないよ！　どうしても見つけたいなら、好きそうなことをどんどん試して探すのもいいと思う。夢がなくて悩んでる人は、まずは自分を幸せに導いてくれそうなものを探してみてほしいな。人でも、趣味でも、なんでもいいからさ。〝苦じゃないもの〟を見つけることも、とても大切だと思う。

死にたい。その扱い方は今すぐ答えを出そうとしないこと。「もう少し生きてみよう」の連続でひたすら時間を経過させる。

「未来」なんて言われても、今が辛くて考えられない人もいるよね。人間の最期は決まっていて、必ず死ぬ。本気を出したら自分で終わりも決められる。だから、「もう少し」を生きてみよう。私はそう考えて毎日過ごしている。死ねば、終わらせれば全部楽になる、今日で終わらせたいと何度も思った。そんなときも、**「もう少し生きたら何かが変わるかもしれない」から「もうちょっと生きる」を繰り返し続けてきた**。

何かミスをしたり、人生うまくいかないな〜と思うことって、たまにあるじゃん。生きてる意味や自分の価値がわからなくなったときに「楽になる方法」を今すぐ知りたくて、いろいろな方法を考えるのではなく、死にたいと答えを出してしまうのは、私もそうだからすごくわかる。でも、「死ぬ」という解決策はいつだって選べる。今じゃなくて、未来でも。辛くて動けなくても、ただ生きているだけで、プラスの何かがやってくることもあるよ。

だからみんなもさ、私が生きているから、いったんもう少し生きてみない？ 同志がこのくだらない世の中で生きていると少し生きやすくない？ 私はいつも「くだらねえ世の中だな」って思ってるよ。一緒でしょ？ くだらない世の中にも、希望はちゃーんとあるよ。

私みたいな存在は希望じゃない？ 私に賭けてみてよ。後悔させない景色を見せるよ。炎上も刺激になってるでしょ……？（笑）「はあ。Rちゃん推してたらたまに炎上する」……でも……好き？ でしょ……？（笑）

私は「少しでも大切な人に必要とされているなら、もう少し生きてみよう」って考えるようにしてる。私はこの本を読んでくれてる人のこと、必要だよ。**だからさ、私のためにも生きてみてよ。守り合おうよ。**

親と自分は別の人生を歩んでいる。たとえ大事な大事な親だとしても環境を恨んでいたとしても「違う人間、違う人生」と割り切ることも必要。

両親は大事。父が精神的な病気を抱えてたこともあって、「平和な家庭だった」とは言い切れない。だけど、今の私は育った環境のおかげでもあると思うと、結果的にとても幸せな家族だと思っている。

家族のせいでうまくいかないって環境を恨んだこともある。でも、環境のせいにしても何も変わらないし、かっこ悪い！と思って自分のやり方を変えた。

整形をしたときに「親の気持ちも考えろ」って言われることもあった。親じゃなくて、他人から。そもそも私と私の親の幸せですら違うのに、赤の他人のあなたに私の親の何がわかる？って感じだよね。私は親に打ち明けたりはしないけど、もし心配されたらしっかり説明するよ。これは私が選んだ道で、幸せになるためですって。親は私が幸せであることを願っているとわかっているから、私が幸せなのが一番の親孝行だと思ってるよ。

専門学校時代、家族にいろいろあって落ち込んでいたときに、先生から「お父さんとお前の人生は全く違う。お父さんはお父さんの人生を生きているんだから、お前が背負うことじゃない」って言われたの。「親の人生もまるごと背負わなきゃ！　だって親だもん！」って思い詰めてた時期だった。

家族って、良くも悪くも関係性が濃い。だから苦しくても離れられない、離れちゃいけないと思い込んでしまうこともある。お互い好きなら支え合うことも必要だとは思う。でもさ、そのせいで**自分が追い詰められて悩んでしまうなら、少し離れてもいい**んだよね。血がつながっているとはいえ、違う人間が、違う人生を歩んでいるんだもん。**私と親の人生は違うんだから、自分の幸せは自分で決めて生きていこう**。

アンチ？　そりゃ消えてほしいね。誹謗中傷はよくないことだけどなくならないならエネルギーに変えてやる。私に限っては開き直ってやろうかなって。

意味のわからない誹謗中傷には、ゴリゴリに「黙れ、消えろ」としか思ってないっす……。私、攻撃してくるものには容赦ないの。そりゃ思うでしょ。人間だもん。表であんまり言わないようにしてるだけ（笑）。誹謗中傷って防ぎようがないし、どのYouTuberも多かれ少なかれ炎上を体験したことがあるって言っても過言じゃないくらい、何かしら起きている。表に出て、高額なお金をいただく代償なのかもしれない。私は10代の頃、誹謗中傷を受けることが多かった。あの頃から世間では「誹謗中傷はダメですよ」と言われていたけれど、ほら、世の中は今も何も変わっていない。

でも、誹謗中傷をしてくる人が明らかに悪いときが多いじゃない？　だから堂々としていられるっていうか……。誹謗中傷をされているところを見たファンのみんなが団結してくれて、私を推す力を増してくれることだって多い。そうなんです。**私を叩いている人は、実は私の力になってくれている可能性すらあります**。でも、見たくないから普通にブロックするよ。やっぱ邪魔だし。ポジティブなことだけ見ていたいもん。ちゃんと打撃を受けるタイプなので、しっかり萎えちゃっている弱いところもあります。

ファンや友達、家族。その人達と一緒にいられる時間が幸せだから、ほーんと意味不明なアンチは邪魔だけど、いなかったら逆に寂しいかもしれない……。

注目されている証拠だから。無関心が一番辛いことを私は知っているから、なんだかんだ構ってくれてありがとう。

戦う壁がないと、刺激がないと、生きてる心地はしないんだと思う。

どうして私を見てくれないの？
親に認めてほしかったけど、言うことは聞かなかった。
ときには熱量で押して、ときには事後報告。
幸せになればいつかわかってもらえる。

三姉妹のうち、私は真ん中だ。姉はしっかりもので頭がいい。いい大学に行って、いい会社に入って。親からすごく褒められる。妹は末っ子だからみんなに可愛がられて、できないことがあっても「しょうがないねぇ」って周りに助けられている。

真ん中の私は、どっちでもなかった。尖っている問題児だったから、親に心配されたり、よく怒られたり。「これをやりたい」と言っても突発的なことが多いから「お前は先のことを考えていない」と否定されることも多かったな。

認めてほしかった。褒めてほしかった。誇りに思ってほしかった。
だから人と違うことをしたがる性格になったのかな？とも思っている。

親の言うことは全然聞かなかったよ。親の価値観と私の価値観は違うもん。熱意を持って説明して、ときには必要な結果を出して、なんとか説得してきたなぁ。親に「価値観をアップデートしろ」と言うのは酷じゃない？　親はそれが正しいと信じて生きていて、無理にねじ伏せるのは「私の代わりに我慢しろ」と言っているようなもの。親の価値観のままでも認めてもらえるように、わかりやすい形で説明して納得してもらってきた。

そして、ときには曖昧にする。あまり心配をかけたくないから、事後報告にすることもある。会社を立ち上げたことも、全部終わってから伝えた。幸せになれるか心配してくれるんだから、幸せになってから言っちゃうの。「こうしたよ。それで今は幸せで楽しいよ」って。

全てにおいて、親を納得させてからやる必要なんてないと思う。愛があって心配してくれている親なら、幸せになっていれば認めてくれるはずだから。

綺麗な大人でいたい。
まっとうな、期待されてもいい人間であり続けたい。

どんなときでも、大切な人に
「私のことは信じて大丈夫だよ」って
胸を張って言えるような人間でいたい。

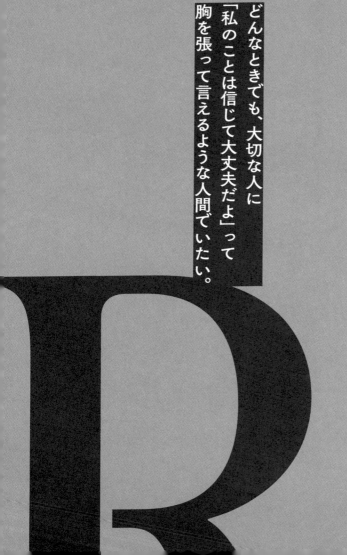

いつの間にかまた私の心を殺していた。
年内登録者数100万人という目標を
延期した2022年。
全力疾走で生きてきたけれど
これからは自分も大切にしたい。

2022年の夏、年内に登録者数100万名様を達成すると決めて、毎日投稿をした。100万名様という目標は、婚約者との夢でもあった。記憶がないくらい忙しかった。結果もついていきていたし、必要な努力もできたと思ってる。だけど私は、**11月に「しばらくお休みをする」と決めて、年内の達成については追いかけないことにした。**心が限界になってしまったから。

私には、目標のためなりふり構わず頑張る癖がある。我慢や疲れに気づかないまま走り続けてしまう。今回も100万名様になるまで頑張るつもりだったけど、限界が来た。ヘアサロンやネイルに行くのも「他のスタッフが頑張っているのに、自分の時間を取るなんて」という罪悪感。余裕がなくて、タクシーでもお買い物でも「急いでください！」と言う自分が嫌いになりそうだった。このままじゃ、壊れてしまうかもしれない――。

そのとき、周りの大事な人達から「もう全速力で走らなくてもいいんじゃない？」「ちょっと休みなよ」と言われた。私が追い詰められていることに気づいたスタッフ、友達、先輩、みんなが言ってくれて、**心を不調にしてまで頑張らなくていいのかも、って考えられるようになった**。もうわがままになって、自分中心に生きてもいいのかな、休んでもいいですか？って。

周りの人のおかげでそう思えて、私は「しばらくお休みします」「年内100万人達成やめます！」と宣言できたんだ。撤回するのはすごく怖いことだったけど、私を想う大切な人達や私自身のために「やめる勇気」が出せた。

一生懸命、まっすぐに頑張りすぎると、時に大事なものを忘れてしまうこともある。自分を大切にできていないと余裕がなくなって、周りにも伝染する。結局、悪循環になるんだ。

日常の幸せを感じたい。頑張って頑張って諦めたからこそ自分の大切さと周りの優しさに気づくことができた。

毎日投稿が辛かったわけじゃないよ。単純に時間がなさすぎた。あと、YouTubeの数字をひたすら追いかけることや自分のやりたい企画より、短期間に数字が伸びる企画を優先することも、私には向いてなかったんだ。

休んだら終わる。休むのは終わりの始まりで、言ったことはやり遂げないと口だけになる。そう思っていた私にとって、目標達成期限の変更は怖いことだった。でも周りの人が心配してくれたおかげで、自分が疲れていることに気づいて、心を休める決断ができた。「嫌な仕事でもやらなきゃ。行きたくない場所でも仕事なら行かなきゃ」と思っていた私に「今まで頑張ってきたぶん、もうそんなことしなくていい場所にいることに気づいて」と言ってくれた人がいるの。勇気を出して、無理して進むことをやめてみた。そうしたら、日常に幸せを感じ始めたんだ。自分の気持ちと改めて向き合って、やりたいことや嫌なことも明確になった。その気持ちを大切にしたい。**それで今まで積み上げたものが終わるならそれでもいいやって思えたんだ**。仕事と日常と自分。三つの中から仕事を選んで、他は犠牲にしてもいいって思っていたけど、もしかしたら何も捨てずに全部選んでもいいのかも。自分を追い詰めるくらいなら、決めたことを「やっぱやめた」ってしてもいいのかもって。

「急に休んでもいいし、寝ててもいいし、逃げてもいいし」。周りの人にそう言っていたけれど、私も同じだと気づいた。100万人を目指して毎日投稿を始めて、**頑張って頑張って、その上で諦めたからこそ、わかったこと**。気づきを得るための時間だったのかなって思えている。

ゆっくり、確実に。全力が必要なタイミングできっと運命からのお知らせが来る。それまではみんなのことを信じてエネルギーを蓄えていきたい。

登録者数100万名様自体を諦めたわけじゃない。私なりのやり方で目指していく予定。数字を追いすぎずに、自分のために、誰かのために楽しく活動して、結果として100万名の方が登録してくれた、っていうのが私っぽいかなと思ってる。そのステージに行くまでにこんないろんな景色を経験するんだ、と感じています。出会いと別れを何度繰り返しただろう？たくさんの人の愛で、力で、今までやってきた。100万名様の景色、みんなに見せたいし、見たいよ。私ができる、一つの恩返しでもある。

私は登録者を増やすために疲弊《ひへい》する方法を選んでしまっていたこともある。

一度立ち止まる運命だったんだと思う。人生はタイミングだし、今頑張らないといけないいって時期には、きっと何かが起きて200%で突っ走らなきゃ！って燃えられるはず。運命からお知らせが来るものなんだよね。今までもそうだったもん。炎上だったり、内定取り消しされたり、スタッフからの言葉だったり。

だから今のところは、私のことを心から応援してくれているひとりひとりに向けて動画を作っていけたらいいなと思っている。お知らせが来るまでは、私らしく、自分を大切に進んでいくよ。

周りの人たちやファンのみんなは「頑張っている私」を好きだから、頑張らなきゃと思ってた。でもそれは私の勘違いで、「ゆっくり休んでね」って言ってくれる子もたくさんいた。私の弱い部分も認めてくれる存在ができて、人や自分を信じられることって、こんなに幸せなことなんだって知ったよ。周りの人やファンのみんなが大好きで、本当に感謝しています。今後も私からみんなに、私に出せる全ての愛をたくさん伝えていきたいな。

ファンと私は同志。「ａｋａｒｉからあなた（ｙｏｕ）へ」――で会社名はａｒｉｕ。「Ｒからあなたへ」でＲｉｕ。ファンのみんなは阿吽《あうん》の呼吸で私を理解してくれて元気をくれる。本当に、心からありがとう。

いろんな壁を乗り越えながら私が命を込めて作ってきた会社は「株式会社ａｒｉｕ」。ａｋａｒｉからあなた（ｙｏｕ）へという意味です。Ｒからあなたへでと Ｒｉｕ。今も、私が愛するスタッフと一緒に会社を作り上げています。そして、私を応援して、この本を読んでくれる人がいる。その事実が、「私はこの地球にいてもいい存在なんだ」という自信と安心をくれるの。

ファンの方と１対１でお話しする機会があると**「私のことわかりすぎてて、すげーありがたい！」**と思う。頑張るときは２００％頑張りたい人間だとわかってくれていて、何も言わず、ただ見守っていてくれる。

ちょっと疲れてきた頃に会うと、「寝な？」「いるから大丈夫よ」とか、軽い言い方で私に安心と元気をくれる。私が重く考えすぎる性格なのをわかっているからだよね？（笑）全てが終わると「頑張りたかったんですよね」「もう休んで大丈夫」なんて言ってくれて。そのとき私の心に一番効く言葉をくれるの。みんなすごくない？ 阿吽の呼吸。全部話さなくてもわかってくれる理解者で、すごく心強いです。

この本も終わりに近づいてきたし、応援してくれるみんなに何か伝えたいけど「ありがとう」っていうありきたりな言葉しか思い浮かばない。**大事すぎると、シンプルな言葉しか浮かんでこないのかも。**いてくれるだけで、生まれてきてくれて、私と出会ってくれて、ありがとう。みんなのためならどんなことでも、私の全てを尽くせるんだ。いつだってそのときの120％の気持ちと愛を伝えてることを忘れないで。言葉で伝えるのは難しい。だから、私が人生を発信することでみんなに伝えていきたいと思ってる。

今日も、みんなを愛しています。

年齢に合わせて仕事を進化させて、最期は自分で自分に「やりきったね」って言って死にたい。

やりたいことはまだまだある。

まず、自分の年齢に合わせて新しいブランドを作り続けていくこと。Riuが20〜30代前半をターゲットにしているのは、自分と同世代の人が着たい服を考えているから。自分の人生にリンクさせて服をデザインしていきたいんだ。

70〜80代になったとき、「かっこいいおばあちゃんで生きようぜ！」って相棒との目標がある。死ぬまでおしゃれなかっこいい女性でいたいな。

最近は相棒が「ビル1棟が自社ビルで、そのビルに女性がボロボロで入っても美しくなって出てこれるような全身プロデュースできるビルを建てたい」と言っていたのが私の夢にもなりました。今すぐには叶えられない大きな夢、かなり大きな夢だけど叶う気がする。

だって、今まで周りからのどんな言葉にも屈せず、私達が自分達の夢のために道を切り拓いてきたから。

「諦めてたまるか。進み続けるぜ！！！！！」
隣を見れば相棒がいる。相棒の瞳が私にそう伝えてくれる。

まだ終わらない私達の夢を追い続ける。
この夢に賛同してくれる大切な仲間と共に。

決めてるんだ。最期は。

大切な人達と自分に
「お疲れ様、やりきったね。
来世でまたたくさんのことを乗り越えて、
またやり切ろうね。さようなら」
ってこの世を去ること。
そう言えるまで、もう少し挑戦しながら生きるよ。

終わりが決まっているなら、
どんな道を通ってみてもいいじゃない？

この本を読んでくださった皆様へ

手に取っていただきありがとうございます。少しでも私を見つけてくださったことに嬉しい気持ちでいっぱいです。夢に一直線の人生で見てきた世界を伝えたことで、何か感じ取ってもらえたらと思います。

魂を込めて書きたい。最初で最後の私の全てを語る本でありたい。だから、今書ける私の思いを入れさせてもらいました。

この本は私の生きてきた証しで、私の人生です。自信と誇りを持って、この生き方は間違いじゃなかったと言い切れます。

私と同じような人生を歩んできた人も、自分を見失わないで。自分を幸せにして、「これまでの道のりは間違いじゃなかった」と思えるように。あなたも私も、今後の人生で一緒に証明していこう。

どんな生き方をしても最後に人間は死ぬんです。嬉しいこと、ムカつくこと、悲しいこと、楽しいこと。心からの幸せを感じても最後は死んでしまう。「してみたい」ってことを私はとにかくしてみる。だって何をしようと、死ぬんだもの。生きる時間が限られているのなら、いろいろ挑戦することも少し怖くなくなりませんか?

現在28歳の私が見てきた世界だから、この先もいろんなことを知って学んで、更新されるのだろうと思います。どんなときも「こういう自分で人生を過ごして死にたい」という軸に戻ることで、自分に誇りを持ちながら生きられていると思っています。

自分の意思で生まれてきたわけじゃないし、小さい頃に「なんで私は生まれてきたんだろう。なんでお母さんは私を産んだの?」と思ったことがあるんです。でも、最近その答えが、ほんの少しわかった気がします。

私は大人になってから親に頼み事をしたことがなかったのですが、昨年、初めて「私の婚約者を見てほしい」ってお願いしたんです。

「あ、こっちだよ！」と待ち合わせ場所で親を見つけて呼んだ先には、母が可愛らしい顔で父を見つめて、二人で幸せそうに腕を組んでいた。そんな姿を私に見せることは初めてで。特に母が父を見つめる目が、とびっきりキュートで、女の子だ……!!って思ったんです。親というか、カップルに見えました。私が自立して安心させられたから、この姿を見せてくれたんだと思ったし、二人は愛し合っているんだなって伝わってきて涙が出るほど嬉しかったんです。その姿を見ただけで、これまで二人でいろんな困難を乗り越えてきたんだなってことがわかったし、この素敵な両親の〝幸せのカタチ〟が私なんだって思えたんです。

「大切な人と過ごす幸せな時間、愛のある世界は、どんな辛く苦しい困難にも勝る素敵で美しいものなんだ。この美しい世界、愛を知ってほしいから産んだんだ」って、私に教えてくれた気がしました。

でも、まだまだ私は知らないことばかりなのでしょう。
愛する、死ぬ、生きる、とは――。正解はないけど、私はいろんな感情を持つ人間に生まれてきてよかったと思った。

死ぬことが決まっているのなら――。
どんなときも無償の愛で私の味方になってくれた親のように、私も大切な人達に愛を注ぎ続けて〝あかり〟を灯《とも》す存在となり、「お疲れ様、やりきったね。来世でまたたくさんのことを乗り越えて、また幸せになろうね。さようなら」と目を瞑《つぶ》りたい。

Rちゃん　大野茜里

Rちゃん

SNS総フォロワー数165万人超のYouTuber・会社経営者。1996年生まれ、愛知県出身。デザイナーになる夢を叶えるため、ブログ等で情報発信をスタート。高校では読者モデルとしても活動し、専門学校に進学する。その後、誹謗中傷や内定取消などの困難を乗り越え、22歳で起業。女性向けファッションブランド「Riu」を立ち上げる。整形総額3000万円を公表したことも話題で、自分らしいスタイルを貫いて生きる姿が、同世代女性たちの共感を呼び続けている。

YouTube:rchaaaan
Instagram:riuakari
X:akriiiii4
Tiktok:r.chaaan

死《し》ぬことが決《き》まっているのなら

2024年12月11日　初版発行

著者　R《あーる》ちゃん
発行者　山下 直久
発行　株式会社KADOKAWA
〒102-8177
東京都千代田区富士見2-13-3
電話0570-002-301（ナビダイヤル）
印刷所　TOPPANクロレ株式会社
製本所　TOPPANクロレ株式会社

●お問い合わせ
https://www.kadokawa.co.jp/（「お問い合わせ」へお進みください）
※内容によっては、お答えできない場合があります。
※サポートは日本国内のみとさせていただきます。
※Japanese text only

定価はカバーに表示してあります。

ISBN 978-4-04-605990-1　C0095